「憂国忌」の五十年

楯の會の制服を着た三島由紀夫と
森田必勝（楯の會学生長）

三島由紀夫研究会編

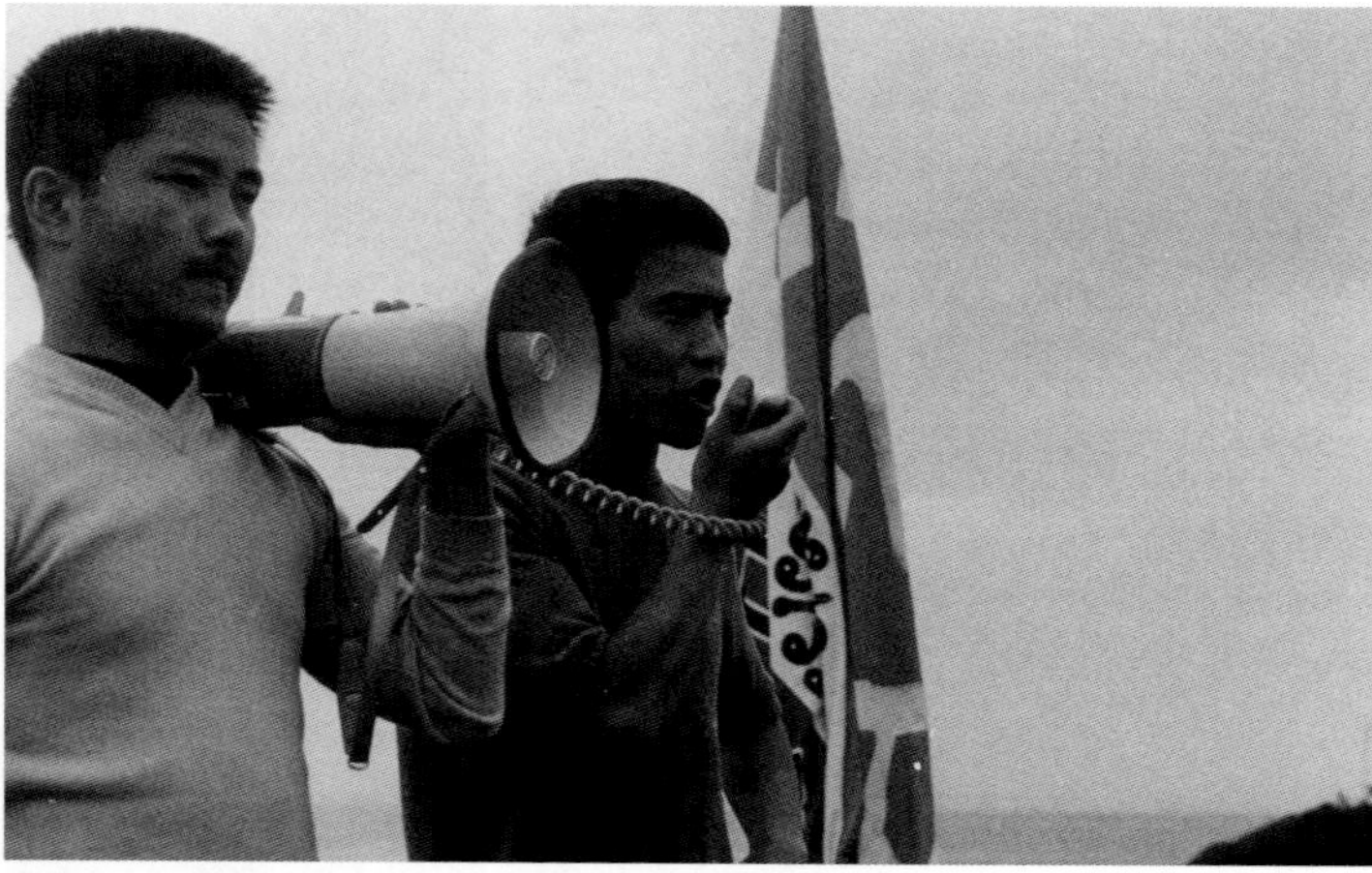

納沙布岬で北方領土返還を訴える森田必勝（左）。

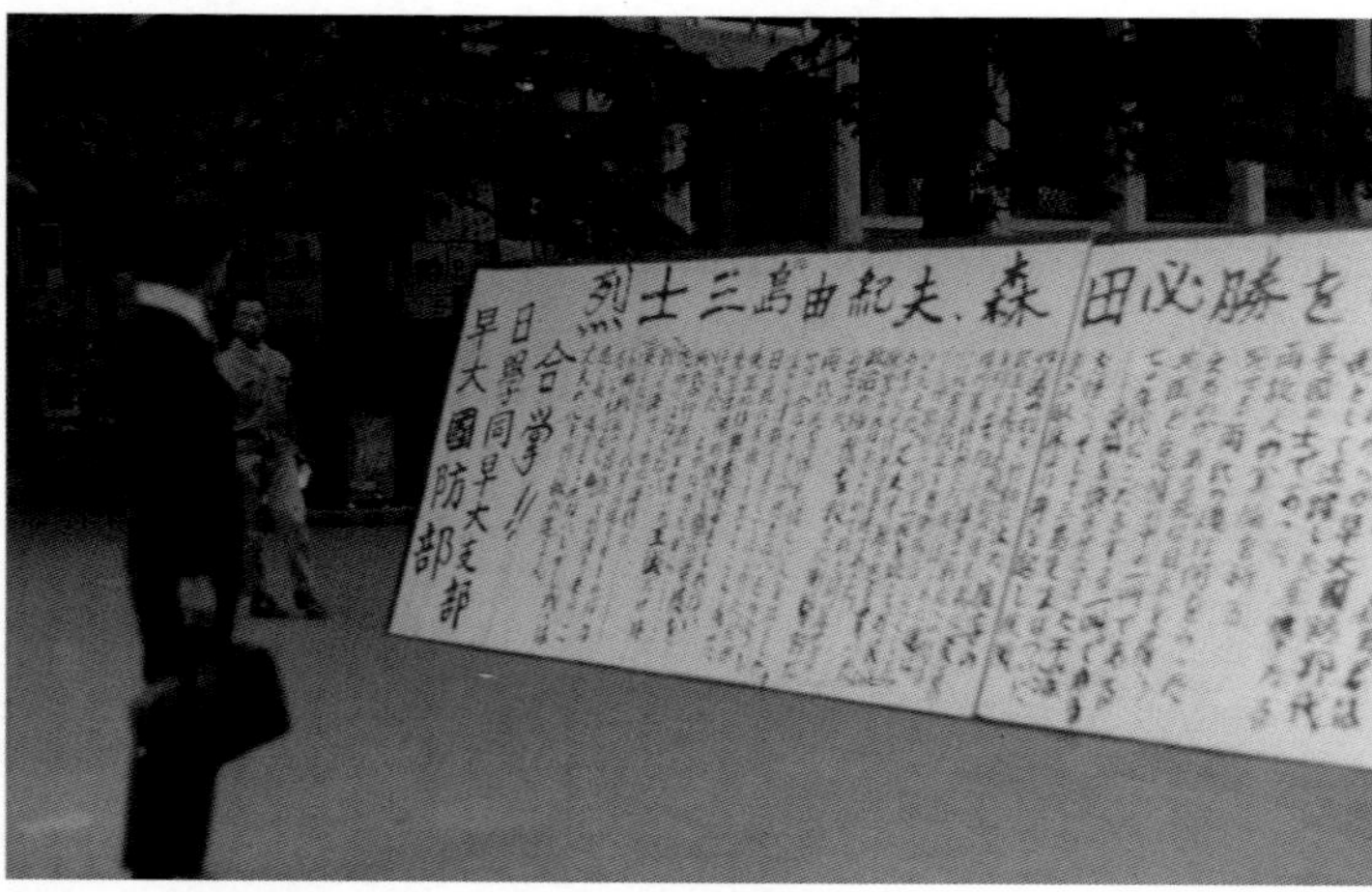

事件直後に森田必勝の出身校だった早大キャンパスには両烈士を悼む大看板が早大国防部によって立てられ、日頃の左翼の看板が霞み、１週間ほどは正門前に焼香台も設けられた。朝日新聞が大きく報道した。

16日後に緊急開催された「三島由紀夫氏追悼の夕べ」では会場に入りきれない人が数万人もでたため池袋公会堂前の公園にも第2会場を設営し、寒風吹きすさぶなか、林房雄、川内康範、藤島泰輔、黛敏郎らがマイクを握った。

憂国忌の追悼祭では発起人が壇上に揃い、厳粛に玉串奉奠をする。

「憂国忌」の楽屋には発起人代表の林房雄（左）を訪ねてきた三島の父親、平岡梓（中央ステッキに煙草）、右はドナルド・キーン。

35年祭のおりはシンポジウムを開催した。司会兼任の女優村松英子、三島文学の翻訳者として知られるエドワード・サイデンステッカー。

昭和46年2月24日に市ヶ谷私学会館で「三島由紀夫研究会」は発足した。趣意書などをめぐって激論があった。ともかく熱気に溢れ、翌月より「公開講座」もスタートした。

5年ごとの節目の年には乃木神社宮司による鎮魂祭が行われる。

三島直筆から
作った旗

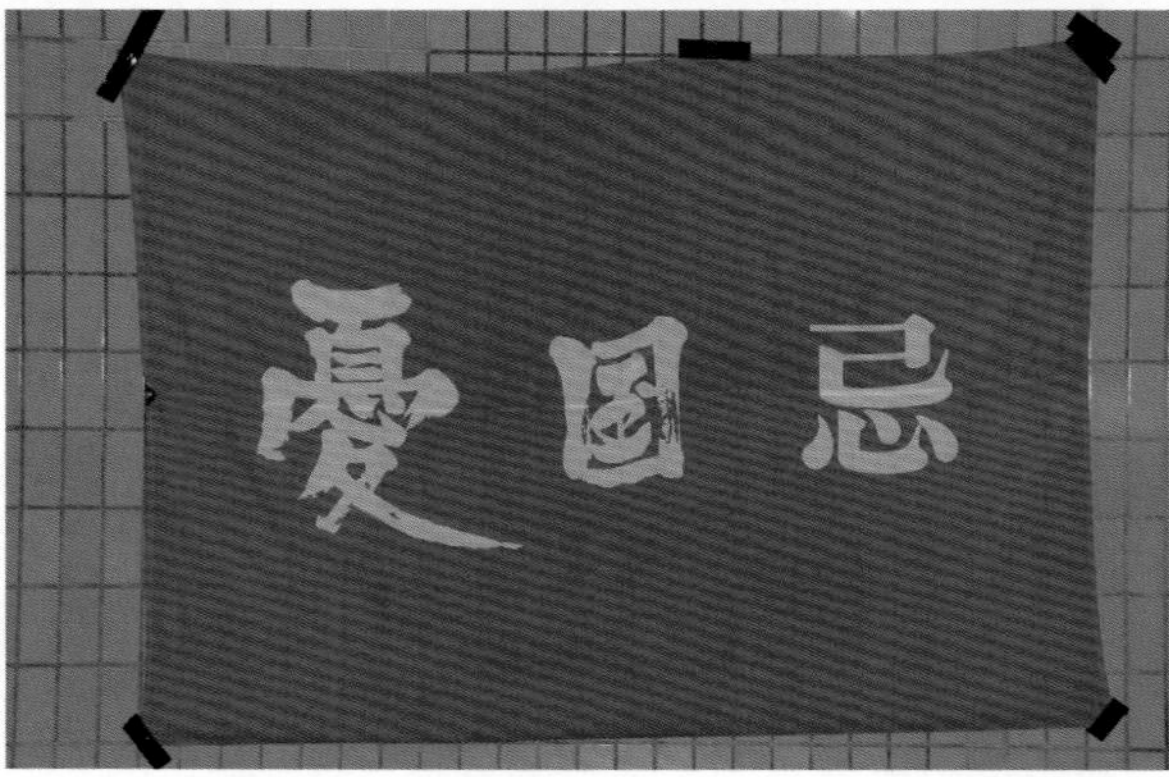

60年安保東大全学連
中央執行委員 西部邁、
井尻千男「聖寿万歳」

参議院議員 中西哲

憂国忌第一世代と第二世代

三島女優 村松英子親子

憂国忌第二世代

三世代の憂国忌

会場風景

「憂国忌」の五十年

三島由紀夫研究会編

啓文社書房

檄

楯の會隊長　三島由紀夫

われわれ楯の會は、自衛隊によつて育てられ、いはば自衛隊はわれわれの父でもあり、兄でもある。その恩義に報いるに、このやうな忘恩的行為に出たのは何故であるか。かへりみれば、私は四年、学生は三年、隊内で準自衛官としての待遇を受け、一片の打算もない教育を受け、又われわれも心から自衛隊を愛し、もはや隊の柵外の日本にはない「眞の日本」をここに夢み、ここでこそ終戦後つひに知らなかつた男の涙を知つた。ここで流したわれわれの汗は純一であり、憂國の精神を相共にする同志として共に富士の原野を馳駆した。このことには一点の疑ひもない。われわれにとつて自衛隊は故郷であり、生ぬるい現代日本で凛烈の氣を呼吸できる唯一の場所であつた。教官、助教諸氏から受けた愛情は測り知れない。しかもなほ、敢てこの挙に出たのは何故であるか。たとへ強弁と云はれようとも、自衛隊を愛すが故であると私は断言する。

われわれは戦後の日本が、経済的繁栄にうつつを抜かし、國の大本を忘れ、國民精神を失ひ、本を正さずして末に走り、その場しのぎと偽善に陥り、自ら魂の空白状態へ落ち込んでゆくのを見た。政治は矛盾の糊塗、自己の保身、権力慾、偽善にのみ捧げられ、國家百年の大計は外國に委ね、敗戰の汚辱は拂拭されずにただごまかされ、日本人自ら日本の歷史と傳統を瀆してゆくのを、齒嚙みをしながら見てゐなければならなかつた。われわれは今や自衞隊にのみ、眞の日本、眞の日本人、眞の武士の魂が殘されてゐるのを夢みた。しかも法理論的には、自衞隊は違憲であることは明白であり、國の根本問題である防衞が、御都合主義の法的解釋によつてごまかされ、軍の名を用ひない軍として、日本人の魂の腐敗、道義の頽廢の根本原因をなして來てゐるのを見た。もつとも名譽を重んずべき軍が、もつとも惡質の欺瞞の下に放置されて來たのである。自衞隊は敗戰後の國家の不名譽な十字架を負ひつづけて來た。自衞隊は國軍たりえず、建軍の本義を與へられず、警察の物理的に巨大なものとしての地位しか與へられず、その忠誠の對象も明確にされなかつた。われわれは戰後のあまりに永い日本の眠りに憤つた。自衞隊が目ざめる時こそ、日本が目ざめる時だと信じた。自衞隊が自ら目ざめることなしに、この眠れる日本が目ざめることはないのを信じた。憲法改正によつて、自衞隊が建軍の本義に立ち、眞の國軍となる日のために、國民として微力の限りを盡すこと以上に大いなる責務はない、と信じた。

四年前、私はひとり志を抱いて自衞隊に入り、その翌年には楯の會を結成した。楯の會の根本理念は、ひとへに自衛隊が目ざめる時、自衛隊を國軍、名誉ある國軍とするために、命を捨てようといふ決心にあつた。憲法改正がもはや議会制度下ではむづかしければ、治安出動こそその唯一の好機であり、われわれは治安出動の前衛となつて命を捨て、國軍の礎石たらんとした。國体を守るのは軍隊であり、政体を守るのは警察である。政体を警察力を以て守りきれない段階に来て、はじめて軍隊の出動によつて國体が明らかになり、軍は建軍の本義を恢復するであらう。日本の軍隊の建軍の本義とは、「天皇を中心とする日本の歴史・文化・傳統を守る」ことにしか存在しないのである。國のねじ曲つた大本を正すといふ使命のため、われわれは少数乍ら訓練を受け、挺身しようとしてゐたのである。

しかるに昨昭和四十四年十月二十一日に何が起つたか。総理訪米前の大詰ともいふべきこのデモは、圧倒的な警察力の下に不発に終つた。その状況を新宿で見て、私は、「これで憲法は変らない」と痛恨した。その日に何が起つたか。政府は極左勢力の限界を見極め、戒厳令にも等しい警察の規制に対する一般民衆の反應を見極め、敢て「憲法改正」といふ火中の栗を拾はずとも、事態を収拾しうる自信を得たのである。治安出動は不用になつた。政府は政体維持のためには、何ら憲法と牴触しない警察力だけで乗り切る自信を得、國の根本問題に對して頰つかぶりをつづける自信を得た。これで、左派勢力には憲法護持の飴玉をしやぶらせつづけ、名を捨てて実をとる方策を固め、自ら、護憲を標榜することの利点を得たのである。名を捨てて、実をとる！　政治家にとつてはそれでよからう。しかし自衛隊にとつては、致命傷であることに、政治家は気づかない筈はない。そこでふたたび、前にもまさる偽善と隠蔽、うれしがらせとごまかしがはじまつた。

銘記せよ！　実はこの昭和四十五年（ママ）十月二十一日といふ日は、自衛隊にとつては悲劇の日だつた。創立以来二十年に亙つて、憲法改正を待ちこがれてきた自衛隊にとつて、決定的にその希望が裏切られ、憲法改正は政治的プログラムから除外され、相共に議会主義政党を主張する自民党と共産党が、非議會主義的方法の可能性を晴れ晴れと拂拭した日だつた。論理的に正に、この日を堺（ママ）にして、それまで憲法の私生児であつた自衛隊は、「護憲の軍隊」として認知されたのである。これ以上のパラドックスがあらうか。

われわれはこの日以後の自衛隊に一刻一刻注視した。われわれが夢みてゐたやうに、もし自衛隊に武士の魂が残つてゐるならば、どうしてこの事態を黙視しえよう。自らを否定するものを守るとは、何たる論理的矛盾であらう。男であれば、男の矜りがどうしてこれを容認しえよう。我慢に我慢を重ねても、守るべき最後の一線をこえれば、決然起ち上るのが男であり武士である。われわれはひたすら耳をすました。しかし自衛隊のどこからも、

「自らを否定する憲法を守れ」といふ屈辱的な命令に対する、男子の声はきこえては来なかつた。かくなる上は、自らの力を自覚して、國の論理の歪みを正すほかに道はないことがわかつてゐるのに、自衛隊は声を奪はれたカナリヤのやうに黙つたままだつた。

われわれは悲しみ、怒り、つひには憤激した。諸官は任務を与へられなければ何もできぬといふ。しかし諸官に与へられる任務は、悲しいかな、最終的には日本からは来ないのだ。シヴィリアン・コントロールが民主的軍隊の本姿である、といふ。しかし英米のシヴィリアン・コントロールは、軍政に関する財政上のコントロールである。日本のやうに人事権まで奪はれて去勢され、変節常なき政治家に操られ、党利党略に利用されることではない。

この上、政治家のうれしがらせに乗り、より深い自己欺瞞と自己冒瀆の道を歩まうとする自衛隊は魂が腐つたのか。武士の魂はどこへ行つたのだ。魂の死んだ巨大な武器庫になつて、どこへ行かうとするのか。繊維交渉に当つては自民党を賣國奴呼ばはりした繊維業者もあつたのに、國家百年の大計にかかはる核停條約は、あたかもかつての五・五・三の不平等條約の再現であることが明らかであるにもかかはらず、抗議して腹を切るジェネラル一人、自衛隊からは出なかつた。

沖縄返還とは何か？　本土の防衛責任とは何か？　アメリカは眞の日本の自主的軍隊が日本の國土を守ることを喜ばないのは自明である。あと二年の内に自主性を恢復せねば、左派のいふ如く、自衛隊は永遠にアメリカの傭兵として終るであらう。

われわれは四年待つた。最後の一年は熱烈に待つた。もう待てぬ。自ら冒瀆する者を待つわけには行かぬ。しかしあと三十分、最後の三十分待たう。共に起つて義のために共に死ぬのだ。日本を日本の眞姿に戻して、そこで死ぬのだ。生命尊重のみで、魂は死んでもよいのか。生命以上の價値なくして何の軍隊だ。今こそわれわれは生命尊重以上の價値の所在を諸君の目に見せてやる。それは自由でも民主々義でもない。日本だ。われわれの愛する歴史と傳統の國、日本だ。これを骨抜きにしてしまつた憲法に体をぶつけて死ぬ奴はゐないのか。もしゐれば、今からでも共に起ち、共に死なう。われわれは至純の魂を持つ諸君が、一個の男子、眞の武士として蘇へることを熱望するあまり、この挙に出たのである。

（原文のまま）

憂国忌趣意書

林　房雄

三島由紀夫の思想と行動の意義は、日本人の心に静かに浸透し、理解されつつある。特に、戦後育ちの青年層への影響の強さには驚くべきものがある。

「憂国」とは何か？　愛なきところには憂いはない。自己を、家族肉親を、国を、世界を、人類を愛し、その危機を予感する時、憂いは生れる。

我々は人類を愛し、世界の危機を憂うる。ただし、この危機に対処するためには、諸国民はひとまず国境の内側で立ち止まらなければならぬ。世界と人類は今日ではまだ具体としては存在せず、未来に属する概念であり理想である。我々はおのれの生れ育った国の危機を解決して初めて世界と人類の未来に通じる道を開くことができる。

日本人にとっては、日本という国は生きた伝統と道統を持つ生きた統一体である。この国が亡びたら、日本人の世界と人類への道は閉される。敗戦以来二十六年、日本の伝統・道徳・教育・思想・風俗はひたすら亡びへの一路をたどりつつある。この頽落を見ぬいて、日本を愛するが故に日本を憂うる三島由紀夫の「憂国の思想と行動」が生れた。

憂国の精神は、自己愛と肉親愛を超える。三島由紀夫はそれを行動で示した。この捨身と献身は日本の誇るべき道統である。彼は生前、「自分の行動は二、三百年後でなければ理解されないだろう」と書いたが、理解はすでに始まっている。理解者は日本人だけにかぎらず、外国人の中にもいる。それが世界と人類の未来への道を開く行動であるからだ。まず少数の理解者が彼の精神を想起し拡大する「憂国忌」に集まろう、「二、三百年後」という嘆きを、五十年、十年後にちぢめて、三島由紀夫の魂を微笑せしめるために。

（昭和四十六年十一月）

語り継ぐべきもの

作家　藤島泰輔

三島さんの不在が十年になる。十年とは重い歳月である。

十年の間に、日本は更に繁栄し、頽廃の度は更にひどくなった。三島さんが心配していたように、日本人は繁栄と引き替えに魂を売り渡してしまった。アメリカに押しつけられた占領憲法を国会で議論しようとすると、一部野党やマスコミが法務大臣を袋叩きにする。すべてが不毛の時代である。

いま、三島さんの遺した作品を読むと、何と美しい日本語であろうかと思う。日本を愛し、日本語を愛した人であった。活字媒体でも電波媒体でも、昨今の日本語の乱れを嘆くとき、いつも三島さんを思い出す。

何事につけ、折り目の正しい人で、私のような学校の後輩と約束をしたときでも決して時刻に遅れるようなことがなかった。原稿の締め切りも厳格に守る人だったと、編集者たちはいっている。

『仮面の告白』で文壇にデビューした頃の世間が受けた衝撃も、十年前の夕刊がすべて売り切れたという三島さんの衝撃的な行動も、私たちこそ熟知しているが、それを知らぬ世代が育って来たいま、私たちの役目は、三島さんの文学と行動の重みを語り部として後輩に語り継いで行くことであろう。

憂国忌はそのために存在すると、私は理解している。

第十回憂国忌追悼文

プロローグ

私にとっての憂国忌五十年

玉川博己

もくじ

第一章 あれから50年、三島由紀夫に熱い視線 宮崎正弘

第二章 三島由紀夫に斬られた男 寺尾克美

第三章　二人の自衛官

菊地勝夫と西村繁樹　菅谷誠一郎

プロローグ

私にとっての憂国忌五十年

三島由紀夫研究会代表幹事
玉川博己

憂国忌前史

三島由紀夫が楯の會第一期生とともに自衛隊に体験入隊したのが昭和43年春であったが、その母体となった民族派学生運動が発足したのは更に昭和41年の第一次早稲田大学紛争に遡る。60年安保闘争の後、低迷と分裂の道を辿っていた左翼学生運動はやがてブント、革共同、社青同などの左翼諸党派を中心に組織の強化を図りつつあったが、それが飛躍的に拡大する端緒となったのが早稲田大学で起こった学生会館の管理権をめぐる第一次早大紛争であった。彼らは学内を暴力で制圧する方式で圧倒的優勢を誇ったが、それは良識的な学生、青年の反発を招き、やがてそこから生まれてきたのが昭和41年秋11月に誕生した日本学生同盟（日学同）であった。日学同はそれまでの戦後保守派の親米・日米安保堅持路線と一線を画し、ヤルタ・ポツダム体制打破、自主防衛体制確立、自主憲法制定、失地回復＝沖縄・北方領土奪還の明快なスローガンを掲げて、多くの民族派青年・学生の心をつかんだのである。

この民族派学生運動の発足を歓迎したのが三島由紀夫や林房雄などの文化人であった。それまで単独で自衛隊に体験入隊をしていた三島由紀夫は、昭和43年の春学生を連れて体験入隊を行うことを企図し、その呼びかけに応じたのが日学同をはじめとする諸大学の民族派学生であった。これが後に楯の會と命名されたグループの第一期生であった。

昭和43年6月に早大国防部を中心に全日本学生国防会議が結成されたとき早大の森田必勝が議長に就任したが、この時には三島由紀夫も私学会館で行われた結成式に出席して激励を行うなどの熱の入れようであった。

この後楯の會の体験入隊は昭和45年まで第五期生まで行われた。楯の會の初代学生長をつとめたのが早大の持丸博であったが、その後の学生長を引き継いだのが早大国防部の森田必勝であった。森田必勝（まさかつ）は昭和45年11月25日、市ヶ谷台上の陸上自衛隊東部方面総監室において、三島由紀夫とともに壮烈な割腹自決を遂げた。そして三島由紀夫、森田必勝の自決の後、日学同を母体として結成されたのが三島由紀夫研究会であり、今日まで50年にわたって憂国忌を開催してきたのである。

昭和43年に大学に入学した私が初めて日学同の集会に参加したのは、同年12月に千代田区公会堂で開催された日学同政治集会で、来賓として出席した三島由紀夫が「文化防衛論」

と題して講演を行った。日本を守るということは日本の文化を守ることと同義であり、その根源は日本の歴史・文化・伝統の中心である天皇である、とする三島由紀夫の主張に私は心を奪われた。また当時の山本之聞(しもん)日学同委員長とともに、全日本学生国防会議議長であった森田必勝が激しい演説を行ったのも印象深かった。この集会をきっかけとして私も日学同の運動に加入することを決心したのである。以来そこで知り合った矢野潤、斎藤英俊、宮崎正弘、山本之聞、高柳光明、片瀬裕などの諸兄とは終生の同志となっている。

三島事件のこと

あの日、昭和45年11月25日、書記長を経て前月に日学同委員長に就任したばかりの私は、午前中母校の慶應大三田キャンパスにいたが、昼前に周囲の学生たちが三島由紀夫の自決の話をしているのを耳にした。驚いた私はただちに早稲田にあった日学同事務所に電話を入れた。すると電話に出た宮崎正弘(当時は日本学生新聞編集長)がすぐに事務所に戻ってくるよう私に伝えた。午後日学同事務所に戻るとすでに仲間たちが早大キャンパスに立てかける立て看板の製作にとりかかっていた。夕刻に行われた緊急幹部会では我々は如何に対応するべきか、皆涙ながらに議論し、早急に三島由紀夫氏追悼集会を行うことが決定された。その日のテレビや新聞などのニュースでは、佐藤栄作首相は「狂気の沙汰」と述べ、中曽根康弘防衛庁長官は「迷惑千万」と発言していたし、多くのマスコミの論調は、三島由紀夫という過激な右翼思想に染まった作家が奇矯な行動に出た、と一方的に批判するものであった。これに憤慨した我々は、不世出の天才作家・三島由紀夫の業績を称え、そしてこの憂国の諫死ともいうべき行動の真意を世に訴える場として追悼集会を企図したのであった。夜通しで製作した、三島由紀夫を追悼する巨大な立て看板を翌日早稲田の大隈講堂前の正門に立てかけた。またその立て看板の前に焼香台も設けた。すると普段ならこれを鉄パイプやゲバ棒で破壊しようとする全共闘の学生たちが、ヘルメットを脱ぎ、手を合わせて瞑目する姿もみられた。彼らのあるものは「三島由紀夫は本物であった」とか「口先で革命を唱えるだけの左翼運動は三島によって乗り越えられた」と語ったものである。

かの有名な昭和44年5月東大駒場キャンパスで行われた三島由紀夫と東大全共闘の討論会において、三島由紀夫は東大全共闘の学生たちが暴力をもって戦後の虚妄の平和と民主主義体制に立ち向かっていることに共感するとともに、自分は左右を問わず革命的暴力の行使は否定しないことを述べ、もし全共闘の学生たちが一言「天皇」と叫べば自分も彼らのバリケードに入ってともに闘うつもりである、とも述べた。しかし三島の「文化防衛論」の思想をよく理解できていない全共闘の学生たちは、この三島の訴えを受け止めることが出来なかった。それから1年半後の昭和45年11月25日、三島由紀夫の市ヶ谷台における決起の報に、彼ら左翼学生たちは、三島由紀夫が本気であったこと、そしてその思想と行動が本物であったことを知り、愕然とし、三島由紀夫に対する思想的敗北を認めざるを得なかったのである。結局、それから2年後の昭和47年、浅間山荘事件と連合赤軍事件は彼ら左翼暴力革命運動の終焉の象徴となり、彼らが依拠してきたマルクス・レーニン主義は、その後のベルリンの壁崩壊とソ連=社会主義体制の崩壊とともに潰え去ったのであった。

追悼の夕べについて

「三島由紀夫氏追悼の夕べ」が開催されたのは、昭和45年12月11日であった。会場は一番早く押さえることが出来た豊島公会堂であった。市ヶ谷事件から僅か半月後のことである。インターネットもない時代だから、世間に告知する手段はビラ貼りしかなかった。私も慶應大日吉キャンパスで仲間とビラ貼りをしていた時に、中核派グループの襲撃を受けた。中核派は三島事件を「三島反革命クーデター」と捉えて非難していた。私も身にゲバ棒攻撃を受けたが、幸い急所を逸れていたので大事には至らなかった。そのようにして連日連夜の宣伝戦を完遂して12月11日当日を迎えた。豊島公会堂の会場定員は9百名であったのに対して、来るわ来るわ何と1万名余の人が会場に押し寄せたのである。従って、会場に入りきれない群衆が会場前の公園に集まっていたが、そこにスピーカーを設置して会場外の人々にも追悼会の様子を聴いてもらうことにした。

この追悼会の準備に当って、色々な方々のご協力を得たが、たとえば使用するBGMについては黛敏郎先生ともご相談をした。まずベートーベンの交響曲第三番「英雄」の葬送行進曲については、最高傑作演奏といわれたフルトヴェングラーが戦時中にウィーン・フィルを指揮した録音のレコードを使用することが決まった。またワグナーの楽劇「トリスタンとイゾルデ」~前奏曲と愛の死については誰もレコードを持っていなかったので、黛敏郎先生がご自分の愛蔵盤をお持ち下さった。確か黒いジャケットの外国盤で、クレンペラー指揮フィルハーモニア管弦楽団演奏のものであった。

追悼会には多くの文化人が出席したが、その中でも私は控室でそれまで写真でしか見たことのない保田與重郎の姿を眼前にして震えるほどの感激を覚えたのである。正に神が地上に降りてきたという思いであった。このように「追悼の夕べ」として、更に翌年から「憂国忌」として毎年行われるようになったこの運動を通じて、私たちは代表発起人であった林房雄先生を通じて保田與重郎や浅野晃など日本浪曼派の巨人たちとつながるようになった。かくして私たちの「憂国忌」の運動は、三島由紀夫や林房雄を通じて日本浪曼派の血統を受け継ぐものとなり、現在に至っているのである。

それまで民族派学生運動としてあくまで大学キャンパスの中にとどまっていた私たちは、この「追悼の夕べ」に集まった、それまで知らなかった圧倒的なエネルギーを感じたのであるが、それがやがて学生運動の枠を乗り越えた幅広い国民的な運動を考えるようになった。これが三島由紀夫研究会と憂国忌運動の原点であった。

三島研の創設について

三島事件の三か月後の昭和46年2月26日、東京の私学会館（現在のアルカディア市ヶ谷）

で三島由紀夫研究会の発会式が行われた。会場には約２００名もの人々が集まり、熱っぽい雰囲気の中で三島由紀夫研究会の発足が宣言された。社会人、青年、学生の職業、年齢を超えて結成された三島由紀夫研究会は、代表幹事には大谷口氷川神社の宮司であった篠喜八郎氏が、また事務局長には順天堂大学医学部学生であった関健氏が就任した。私も幹事として参加したが、この後幹事会を中心に毎月の公開講座など三島由紀夫の思想と行動を学ぶ研究活動を積極的に行ってゆくこととした。一人の作家の研究活動がその後50年も続くとは誰も思っていなかっただろう。正に奇跡といっても過言ではない。いやその当時まだ生まれていない会員そして講師すらいるのだ。三島由紀夫という一人の作家を通じて、私たちの研究対象は古事記、日本書紀、萬葉集の昔から現代に至るまで、また東西の様々な文化をも包摂しているのである。

憂国忌の発足

市ヶ谷事件から1年後の昭和46年11月25日、追悼1周年のこの日から追悼行事は「憂国忌」と命名されることとなった。「忌」とつくのは仏教的行事ではないか、と気にする人もいたが、私たちは神道関係者とも相談し、その意見も聞いて「憂国忌」という名前でも神道行事を行うことは全く問題ない、と確認したうえでここに「憂国忌」という名前が正式に決まった次第である。「憂国忌」の趣意書は代表発起人であった林房雄先生が書いて下さった。

書き出しの「三島由紀夫の思想と行動の意義は、日本人の心に静かに浸透し、理解されつつある。」で始まる林房雄先生の名文は、中段の「日本人にとっては、日本という国は生きた伝統と道統を持つ生きた統一体である。」という箇所で高揚に達し、そして結びの「まず少数の理解者が彼の精神を想起し拡大する『憂国忌』に集まろう。『二、三百年後』という嘆きを、五十年、十年後にちぢめて、三島由紀夫の魂を微笑せしめるために。」という呼びかけのメッセージで多くの人々の心に訴えかけるのである。この林房雄先生が書かれた憂国忌趣意書は、以来現在に至るまでずっと毎年作成される憂国忌の記念冊子の巻頭を飾っている。正に今日につながる憂国忌運動のテーゼであり、我らの維新革命に向けた覚悟を示しているのだ。

思い出の人々

昭和45年12月に開催した「追悼の夕べ」を原点とする憂国忌の運動は今日まで50年の長きにわたって続いてきた。その創設時において発起人となって憂国忌を支えて下さった方としては総代を務めた林房雄先生の他に次のような人々がいた。

会田雄次、浅野晃、葦津珍彦、荒木精之、池田弥三郎、石川忠雄、宇野精一、江藤淳、遠藤周作、川内康範、影山正治、小林秀雄、五味康祐、佐伯彰一、清水文雄、多田真鋤、田中卓、福田恆存、藤島泰輔、北条誠、堀口大学、黛敏郎、保田與重郎、山岡荘八

その他大勢の発起人の方々がおられたが、ざっと眺めるだけでも錚々たる顔ぶれである。

私にとって忘れられないのは、まずは憂国忌の発起人総代となって下さった林房雄先生である。戦前はプロレタリア文学運動と日本共産党の闘士として活躍され、治安維持法により検挙後、獄中で転向し、以降は戦中も戦後も民族派文学運動の第一人者として活動された。とくに私が林房雄の名前に関心をもったのは昭和38、39年頃『中央公論』に連載し

ていた「大東亜戦争肯定論」を読んで衝撃を受けたときであった。昭和41年日本学生同盟が発足したときに真っ先にこれを歓迎し、支援して下さったのが林房雄先生であった。三島由紀夫の死を誰よりも悲しみ、そして追悼の夕べとそれを母体に創設された憂国忌の発起人総代をつとめて下さった。

林房雄先生が私ども学生によく言っておられたのは「君たちは右翼と付き合ってはいけない。但し、例外は大東塾と影山正治塾長である。あれだけは本物である」ということであった。戦前治安維持法で検挙された林房雄先生が出獄後、食客としてしばらくおられたのが影山正治塾長の大東塾であった。その辺の事情は三島由紀夫の『林房雄論』にも書かれている。実際大東塾の影山正治塾長は昭和45年11月25日の市ヶ谷事件の当日夜に北青山の大東塾本部において三島由紀夫の慰霊祭を斎行されている。翌年昭和46年には影山塾長は三島由紀夫研究会の公開講座において「昭和の神風連」という演題で講演をされ、また憂国忌の発起人を引き受けて下さった。その影山正治塾長は昭和54年5月に青梅の大東農場で「一死以て元号法制化の実現を熱祷しまつる」との遺書を残して壮烈な自決をされている。

あと林房雄先生の死後憂国忌の代表発起人をされたのが、日本浪曼派の巨星である保田與重郎先生であり、更に後を継いで音楽家の黛敏郎先生が長らく憂国忌を支えて下さった。黛敏郎先生が亡くなられたのは平成9年であった。

また我々三島由紀夫研究会の側では長らく事務局長として憂国忌運動を牽引してきた三浦重周を忘れることは出来ない。三島事件の起きる半年前の昭和45年4月に早稲田大学に入学した三浦重周は、早稲田大学国防部で活動したが、三島由紀夫と森田必勝の自決とともに企画された追悼の夕べの開催には事務局として活躍し、その後毎年開催される憂国忌には実行委員会の中心として奮闘した。日本学生同盟の委員長をつとめた三浦重周は昭和50年代に入ると日学同を母体とする社会人民族派組織・重遠社を立ち上げ、また三島由紀夫研究会の事務局長としてその生涯を憂国忌運動に捧げたのである。平成17年12月、三浦重周は故郷である新潟で壮絶な割腹自決を遂げた。享年56であった。三浦重周の生涯については、我々の同志でもある山平重樹氏が『決死勤皇　生涯志士』（並木書房）という名文の伝記を書いている。

憂国忌の意義とその時代における役割

三島由紀夫の死とともに結成された三島由紀夫研究会が中心となって現在までの50年間、半世紀もの間憂国忌の運動を続けてきたことは正に奇跡といっても過言ではない。憂国忌の趣旨と精神は三島由紀夫の最後の檄文と、林房雄が書いた憂国忌趣意書に余すところなく表現されている。三島由紀夫の最後の檄文は、憲法の改正を訴え、日本がその真姿を取り戻すことを主張している。そして三島由紀夫は日本が目醒めるためには、自衛隊が自ら目覚めることが必要だと訴えた。この三島由紀夫の檄文の精神に多くの青年、国民が触れてきたのが憂国忌の意義であった。林房雄は憂国忌趣意書において、まず少数の理解者が三島の精神を想起し拡大する「憂国忌」に集まろう、と呼びかけた。以来50年、最初は少数者によってはじめられた憂国忌は年々新しい賛同者を獲得し、やがてその子の世代も参加するようになる実に年輪を重ねる追悼行事になってきているのだ。

憂国忌が発足したときはまだ日本の高度成長期であった。基本的に日米安保体制を基軸とする政治体制は当時と変っていないが、昭和から平成へ、そして昨年平成から令和に御代替わりが行われたが、国民の皇室と国体護持に対する観念は変らず、戦後の占領体制から受け継がれてきた平和と民主主義の虚構に対する拒否の思想を持つ青年、国民層は増えてきている。

憂国忌はそのような日本を真の自立した国家に変革してゆこうとする我らの意志を確認する機会、場所なのである。憂国忌とは戦後の占領基本法たる日本国憲法を改正し、自衛隊を建軍の本義を持つ真の軍隊たらしめることを目指す場であり、もちろんその原点には日本に歴史的連続性、民族的統一性、文化的全体性の象徴である天皇を守らんとする三島由紀夫の「文化防衛論」が存在するのである。

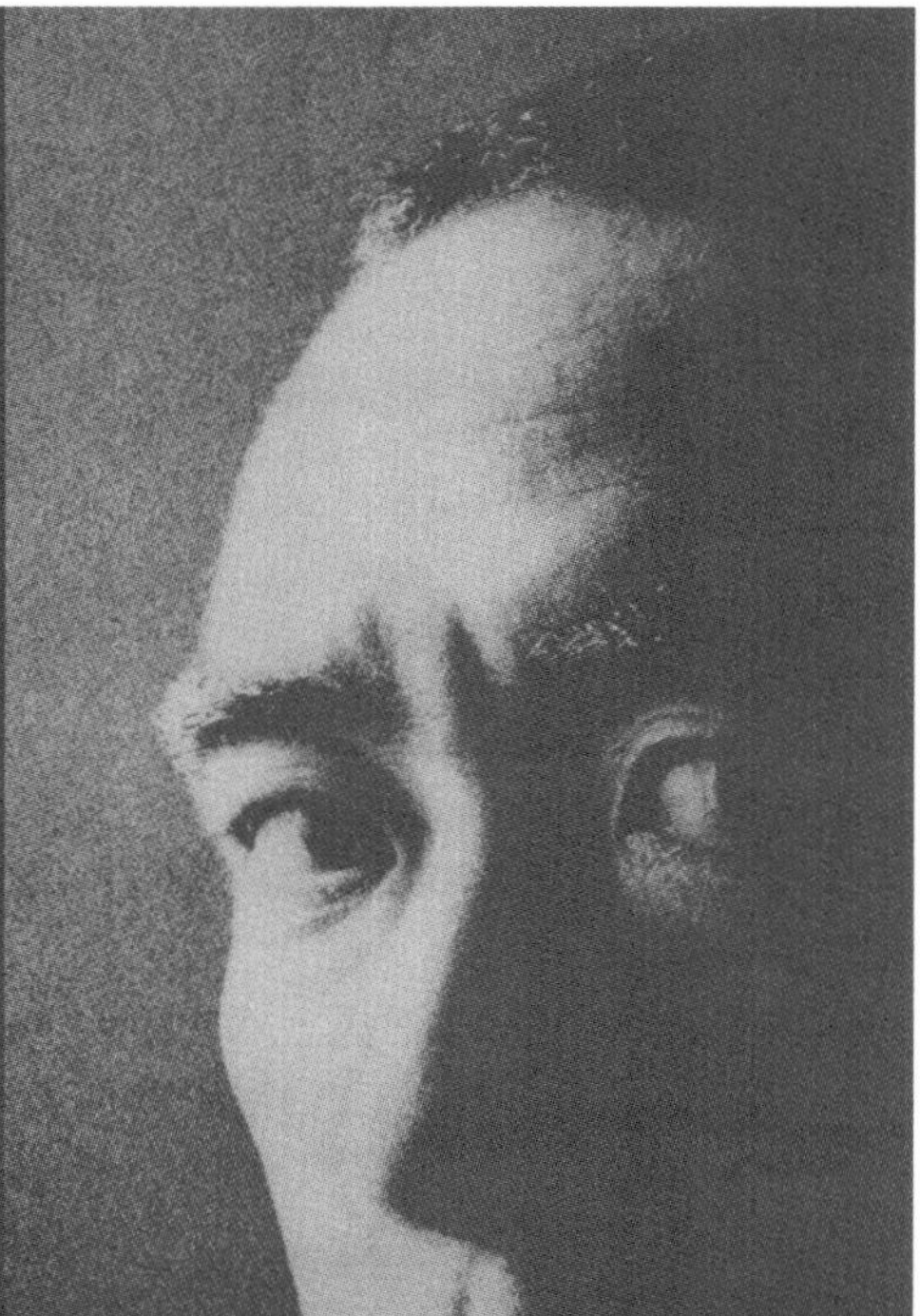

●追悼挨拶（順不同）

林房雄
保田与重郎
黛敏郎
藤島泰輔
五味康祐
北条誠
佐伯彰一
川内康範
河盛好蔵
中山正敏
武田泰淳
船坂弘
滝原健之

三島由紀夫氏追悼集会

12月11日（金）午後5時／於・豊島公会堂（池袋東口 三越ウラ）

●主催——三島由紀夫氏追悼集会実行委員会　TEL202—5531（代）

第一章

あれから50年、三島由紀夫に熱い視線

評論家・ジャーナリスト
宮崎正弘

事件から半世紀、三島への熱狂の背景

「圧倒的熱量を、体感。」といううたい文句で『三島由紀夫vs東大全共闘　50年目の真実』というドキュメント映画が封切られ、新型コロナウイルスの影響で映画館が閉館になる前に、かなりの観客があった。テレビもいくつかの局が三島の特別番組を組んだ。

各地の文学館では「三島展」が開催され、いずこも盛況だったという。

書店で売れ続ける文庫本、次々と舞台化され、映画化される三島作品群。『潮騒』も『春の雪』も何回となく、『金閣寺』はドイツでオペラ上演された。

かくして世界でいまも著名な日本人は「ミシマ」だ。中国ですら、ほとんどの作品が翻訳された。日本留学組で大学院で三島を選ぶ「文学博士の卵」の何人かに会う機会があった。三島由紀夫研究会公開講座の常連だった。中国でも「軍国主義者」とかの負のイメージが払拭されていることは驚きである。

事件から半世紀を経て、自衛隊に乱入して自刃という衝撃は過去の「歴史の1コマ」となり、文学者としての三島の細部の研究、あるいは三島演劇の特徴を分析する流れが脈づ

く一方で、文学や芝居より政治イデオロギー重視の三島尊敬組という2つの流れが明瞭になった。後者は三島を現代の吉田松陰像と重ねる。

三島評伝、文学論は過去半世紀に1000冊は出ただろう。英語版の嚆矢（＝最初）は、英紙フィナンシャル・タイムズ、同ザ・タイムズ、米紙ニューヨーク・タイムズの各東京支局長を歴任した英国人ジャーナリスト、ヘンリー・S・ストークス氏だった。私もインタビューに応じた。研究論文となるとおびただしい。

山梨県・山中湖の「三島由紀夫文学館」にある遺品や創作ノートを丹念に読み直す作業から、佐藤秀明、井上隆史両教授らの努力で、処女作が公開され、同時に未発表作品がたくさん出た。しかし、時代の趨勢から言えば、三島への熱狂は政治イデオロギー、文化論の方にやや勢いがある。

第1に、平成から令和に御代が移っても、日本の自律性の回復がないこと、すなわち憲法改正が進まず、他国の干渉で靖国神社参拝がかなわず、教科書がまだ自虐的であることへのいらだちがある。

第2に、日本人の精神が退嬰的（＝進んで新しいことに取り組もうとする意欲に欠ける）で、ガッツ喪失、ましてや武士道精神の行方不明状況への不安が拡大し、三島への郷愁が表れている。

第3に、経済のグローバル化より、文化の喪失への焦りが三島ブームの背景にある。三島が「断弦がある」と『文化防衛論』に書いたように万葉、古今和歌集から江戸時代の文化の高みに比べると、現代日本の文化に独自性も高尚も失われてしまったからである。

三島由紀夫事件の意味

三島由紀夫事件（1970年11月25日、楯の會隊員4人とともに陸上自衛隊市ヶ谷駐屯地＝現防衛省本省＝を訪れ、東部方面総監を監禁。バルコニーで憲法改正のための決起を促す演説をしたのち、割腹自殺を遂げた）の第1報を聞いて、日本政府や防衛庁（当時）は、「狂ったのか」（中曽根康弘防衛庁長官）と迷惑顔だった。

以後、学生団体の体験入隊を受け付けなくなった。防衛大学校は保守思想を持つ入学希望者を好まなくなったと聞いている。

朝日新聞は三島を介錯後に自刃した、「楯の會」学生長、森田必勝の生首を一緒に並べ掲載したためひんしゅくを買った。多くのメディアは周章狼狽のあと、議会制民主主義を脅かす狂信者というキャンペーンを展開した。
ところが、巷の意見はまるで違った。
あれほどの世界的に著名な文豪が命をかけた行動を、軽々しく論評した作家の司馬遼太郎、松本清張らへの反発も強かった。
「見事に散った桜花」（作家・文芸評論家、林房雄）
「精神的クーデター」（作曲家、黛敏郎）
「事件の夜の雨は日本の神々の涙」（文芸評論家、保田與重郎）
「分からない、わからない、私には永遠に分からない」（評論家・劇作家・演出家、福田恆存）
などと、いまも記憶が鮮明な名文句の数々。
新聞とは異なり、雑誌は特集、別冊、増刊を出した。ほとんどが売り切れ、週刊誌は三島の特集を組めば売れると言っていた。
私（宮崎）は三島を介錯し、自らも切腹した「楯の會」学生長の森田必勝と親しかった（＝早大国防部で3年間、同じ釜の飯を食べた）ので、実家の三重県四日市市に泊まり込んで、彼の日記を整理し、遺稿集『わが思想と行動』（日新報道）を編んだ。
これを資料として、中村彰彦『烈士と呼ばれる男―森田必勝の物語』（文春文庫）も書かれた。後者は、あの事件は森田が主導したのではないかという地下水脈をたどった労作である。

事件直後に「三島由紀夫氏追悼の夕べ」が、東京・池袋の豊島公会堂で開催され、林房雄、黛敏郎らを発起人に、作詞家・作家の川内康範と、作家・評論家の藤島泰輔の司会で、多くが追悼の辞をのべた。会場に入りきれない人が1万余。交通渋滞が引き起こされた。

1年後、東京・九段南の九段会館で「憂国忌」と銘打たれた追悼会には、近くの武道館まで2万人の列ができた。憂国忌は『歳時記』の季語としても定着し、半世紀を経た現在も命日に開催される。

三島事件の衝撃は、師である作家、川端康成を政治に走らせ（＝東京都知事選で、元警視総監の秦野章を応援）、好敵手だった作家で国会議員の石原慎太郎は改憲を掲げた「青嵐会」に馳せ参じ、論敵の評論家、吉本隆明は感動して転向した。

直後に「老衰に過ぎない」と三島を罵倒していた文学評論家、江藤淳が二十数年後に、三島と西郷隆盛を重ねた『南洲残影』（文藝春秋）を書いて絶賛した。それほどに時代は変化していた。

三島由紀夫の遺産

三島由紀夫事件（1970年11月25日）から3カ月を過ぎたところで、三島由紀夫研究会が発足した。趣旨は、政治のみならず文学と精神を継承しようとするもので、全国から三島ファンが参集した。この研究会の中核メンバーは、日本学生同盟だった。

毎月1回の公開講座にはおびただしい作家、文藝評論家、舞台関係者、映画監督、女優、そして文学部教授らが駆けつけ、各々が得意の分野の三島論を語った。加えて、春秋の墓参や時折のシンポジウムなどを開催、これも半世紀、着々と続いている。

「なぜ、三島は行動に出たのか」。誰もが知りたいのだ。

三島の最後の行動を「正気の狂気」だと、作家の林房雄は『悲しみの琴』（文藝春秋）を書いて若き日からの濃密な交際を振り返った。正気（せいき）は、過去の日本史には危機に際して忽然（こつぜん）と出現する英傑に共通する。

三島の友人で、『金閣寺』の翻訳でも知られる英国の翻訳家で日本文学研究者のアイヴアン・モリスは『高貴なる敗北』（中央公論社）を綴った。その中で、日本史の悲劇の英雄はヤマトタケル、義経、楠木正成、大塩平八郎、西郷隆盛とし、最後の章に三島を加えた。もののあわれ、武士道、至誠をモチーフとして政治野心には淡泊だった人々だ。

モリスは「日本人は古くから純粋な自己犠牲の行為、誠心ゆえの没落の姿に独特の気高さを認めてきている」とした。三島は晩年によく「日本の真姿を取り戻せ」「菊と刀で繋ぐ栄誉」と語っていた。

二・二六事件で処刑された青年将校や、特攻隊、その前の神風連の烈士たちの霊に取り憑かれたような振る舞いが目立った。

武士道精神を忘れて、金もうけに疾走する現代日本人には失望していた。それが財閥を殺害するテロリスト、飯沼勲を主人公とした『奔馬』であり、遺作となった『豊饒の海』全4巻は輪廻(りんね)転生の物語となる。

私(宮崎)自身、和気清麻呂、菅原道真、明智光秀を加えて、『取り戻せ!日本の正気』(並木書房)という本を書いた。つまり日本史における三島事件の重みとは、100年に一度くらい起こる正気の爆発なのである。

東大安田講堂に籠城した全共闘の学生たちに、三島はひそかな期待をもっていた。それは「何人が本気で死ぬのか」ということだった。

結局、早大も東大も、講堂占拠は機動隊が導入され、新宿騒乱でも誰も死なず、過激派はやがて雲散霧消した。むしろ彼らの多くが事件後、三島由紀夫の行動に感動し、著作を読み返し、転向した。

三島事件は風化するか

三島由紀夫は生前、数々のアフォリズム（＝金言や箴言）を残している。中でも、「芭蕉も西鶴もいない昭和元禄」という、劣化した日本文化への的確な警句がある。

現代日本はさしあたって、「三島も川端もいない令和元禄」。作家、大江健三郎や村上春樹の作品には、日本的な美が描かれていない。

そのうえ、日本史の神髄を理解しないミーハーがおびただしくなって、女系天皇に賛成している。歴史と伝統の破壊につながることに、さほどの関心がない。

明治は遠くなりにけり、どころか昭和の情緒も消えかけている。だから、大事件が起こる度に「もし三島さんが生きていたらどういう論評をするだろうか」との声があがるのだ。

作曲家の黛敏郎が言ったように「世界は三島氏の不在で満たされている」。

「100年後しか私は理解されない」と三島は言い残した。それを50年に縮めるために保守系が立ち上がり、「憲法改正」「北方領土の日」「教科書正常化」「拉致被害者救援活動」などの国民運動が本格化し、参加人員が増えていることでも、潮の流れの変化がつかめる。

大手メディアに飽き足らない人たちがSNSで発信し、ユーチューブのテレビ局はあふれるほどの盛況ぶり。どうやら、時代は大きく変わろうとしているのではないか。

三島が「改憲」「自衛力増強」を訴え、核拡散防止条約への不満をならしていた昭和40年代前半、例えば学生時代の私（宮崎）はキャンパスに立て看板とマイク。「国防の充実」を訴えていたら、女子学生から唾を吐きかけられた。ビラは目の前で破られた。

確かに、自衛隊を税金泥棒呼ばわりする人は減ったが、北朝鮮のミサイル発射、中国の沖縄県・尖閣諸島周辺の領海侵犯には不感症である。

「令和元禄」の貧困な文化状況は、この半世紀、三島に迫る文学作品もなければ、和歌の世界は『サラダ記念日』とかの新派に汚染され、俳壇には「第二の子規」が出ない。

作法や着付けや順序にうるさい茶道も生け花も、伝統的な小唄、都々逸、三味線は廃れ、勇ましくも哀切な軍歌も、日本人の情緒を詠じた演歌も歌われない。やかましくて意味の分からないライブ。アニメが日本文化の本筋なのだろうかといぶかる人が多い。

劣化した日本文化もまた、「三島の不在で満たされている」。

三島由紀夫の言霊

日本は言霊の国である。

三島由紀夫は「葉隠」を座右の銘としていた。江戸時代の佐賀藩士、山本常朝（つねとも）が残した「武士道と云ふは死ぬ事とみつけたり」。

三島は晩年、『葉隠入門』（新潮文庫）まで書いて世に問うた。『葉隠』は現代日本人から見れば、たいそう時代錯誤的な規範であるが、三島の辞世は、武士の道を高らかに詠った。

「散るをいとふ　世にも人にもさきがけて　散るこそ花と咲く小夜嵐」

思想家の内村鑑三は『代表的日本人』のなかで、「甚だしい惰弱、断固たる行動に対する恐怖、明白なる正義を犠牲にした平和の愛好など、真個の武士の慨嘆に堪えない」と嘆いた。

その典型を三島は『剣』（講談社）という作品の主人公（国分次郎）に託した。武士道の精神が衰退したと嘆き、剣の達人は忽然と自刃する短編である。

東京・町田市民文学館（ことばらんど）で今年初め、三島由紀夫展が開催された。最後のコーナーに「檄文」のオリジナルと、事件直前まで開催されていた東京・池袋の東武デパートの三島展のカタログに混ざって、最初の「三島由紀夫氏追悼の夕べ」の案内状が飾られていた。

この案内状、実は私（宮崎）が書いた。三島事件から半世紀、事件は風化し、三島を知る人もほとんどいなくなり、誰が保管していたのだろうと思った。半世紀ぶりに実物を見て、複雑な気持ちに襲われた。

三島の「憂国の諫死」を義挙とすれば、歴史劇としての類似は大塩平八郎である。三島自身が随筆「革命の哲学としての陽明学」の中で、大塩に深く言及している。

だが、思想的影響力という意味で、後世の人々に語り継がれる吉田松陰と同様な意義を三島は歴史に刻したのではないか。

戦後の歴史教育の偏向はＧＨＱ（連合国軍最高司令官総司令部）と、これに取り入った曲学阿世、左翼共産主義者が展開した。その残滓がまだ教育界に残っている。

吉田松陰も依然として大きく誤解されている。

しかし、松陰はもともとが兵法の研究者であり、軍国主義を煽った右翼思想家ではなかった。松陰は純粋無垢な愛国者だった。だから維新の原動力となり、それ以後の日清・日露戦争から乃木大将の自決、特攻隊へつながる。同様に現代日本に激甚な影響を残したという文脈から、三島はやはり「現代の吉田松陰」がふさわしい。

「白き菊、捧げまつらむ　憂国忌」（作家、山岡荘八）

第二章

三島由紀夫に斬られた男

(社)日本郷友連盟顧問　神奈川県郷友会副会長
元陸上自衛隊中央会計隊長・陸将補
寺尾克美

三島由紀夫が自衛隊に「乱入」!!!????

営門から堂々と入り総監室に案内された。軍隊の営門を破って胡乱な不審者が「乱入」できるわけがない。東部方面総監益田兼利(ましたかねとし)陸将に面会の予約を取った正式な面会であり、陸将執務室の隣室である幕僚室の黒板にも、三島由紀夫の来訪は記されていた。マスコミの報道は自衛隊に「乱入」としているが、売らんがためにセンセイショナルに書き立てているだけである。

面会の様子

午前11時に三島由紀夫が森田必勝・小川正洋・小賀正義・古賀浩靖の4人を伴って訪れ、自衛隊体験入隊訓練で成績優秀で表彰したのでお目通りにあずかりたいと、4人を末席の折り畳み椅子に座らせ、三島はソファーで総監と紅茶を飲みながら面談していた。

総監　三島に「その長いものは何ですか？」と尋ねた。
三島「これは『関孫六兼元（せきのまごろく）』の銘刀です」
総監「そんなものを持って、よく入門出来ましたね？」と糺したところ、
三島「これは美術品で、所持証明がありますから……、ご覧になりますか」
総監「どれどれ、拝見しましょう」
三島「波模様の三本杉が特徴です」
総監「ここに何か付いていますね」（油を垂らしていた）
三島　どれどれと刀を受け取り、「おい、ハンカチ」と言った途端、森田必勝ら4人が一斉に総監に駆け寄りソファーに縛り付けた。（ハンカチが合図だったようだ）
総監にクーデターの計画を話し、一緒に立っていただきたいと強要した。

総監監禁

丁度その頃、業務室の秘書がお茶を注ぎ足（つぎた）す頃合を見ようと秘密の覗き窓（曇りガラスにセロハンテープを貼っていた）から覗いたところ、衝立の位置が変えられていて中が見え

ない。ドアも開かず様子がおかしいと、業務室長・原勇1佐に急報した。原1佐は、「三島さんが何故？」と思いながらも、総監室内の異変を確認し、木刀を持って近くの会議室に走った。

会議室では幕僚副長・山崎皎（あきら）陸将補以下私寺尾を含めて10名が会議中であった。原1佐が木刀を持ったまま血相を変えて部屋に飛び込んできて、総監が監禁されていると報告した。山崎将補は、黒板の予定表で三島由紀夫が来ることを知っていたが、学生を帯同することは知らなかった。事態を呑み込めぬまま、会議室を飛び出し総監室へと向かった。会議室にいた他の幹部達も続いた。　三島由紀夫は楯の會を作り、「警察による治安維持が出来なくなって、自衛隊が治安出動するまでに時間がかかる。この空白を埋める力になりたい」と自衛隊で体験入隊訓練を受けていた。私たちは、三島由紀夫率いる楯の會にいわば友軍のような感覚を持っていた。誰も敵だとは思っていなかった。

幕僚長室側正面

幕僚長室側入り口には、三島由紀夫が日本刀を持ってガードしていた。この正面に駆け寄り入ったのは、会議室の隣部屋にいた第3部防衛班長・中村董正（のぶまさ）2佐、川邊晴夫2佐、防衛班員・笠間寿一2曹、原1佐の4名であった。　中村2佐が最初にドアを開けたら、いきなり三島が日本刀を振り上げて阻止した。中村2佐は玩具の刀と思ってそれを掴んだ途端に刀を引かれて、血が天井まで飛んで手のひらが二つに裂かれ退室し、医務室へとなった。　それを見た川邊2佐は、嘗て体験入隊訓練で教官として指導したことがあり、お互いに面識があるので話せると思い、「三島さん」と声をかけながら入ったら、額を二太刀斬られ、手で庇ったら腕を二太刀斬られた。これはいかん、三島さんは後ろからは斬りつけないだろうと、背中でドアを押し開けて入ったらまた二太刀肩を斬りつけられた。やむを得ず医務室へとなった。　笠間2曹は、斬りつける刀を腕で受け、手首の外側を負傷して退室し、医務室へとなった。　剣道五段の業務室長・原1佐は、木刀で立ち向かったが、木刀の先端3寸程斬り落とされ、引き斬りに合わないように切り返しながら退室したので怪我はしなかった。

幕僚副長室側正面は内鍵がないのでソファーやテーブルでバリケードが築かれ、3名が正面入り口と併せて進入を阻止していた。

この正面に駆け寄り入ったのは、山崎将補、清野不二雄1佐、高橋清2佐、寺尾3佐の

4名であった。山崎皎将補の「ドアを破れ」の一声に力を合わせて体当たりするとバリケードは吹っ飛んでドアが開いた。そのとき小川正洋が応接テーブルを入り口に向かって投げつけてきたが、それをかわして入室した。最初に目に入った光景は、益田兼利総監がソファーに縛り付けられ、森田必勝が総監の胸元に短刀を差し付けて、「一歩でも近寄ると刺すぞ」と脅かしていたのと、真向かいの幕僚長室側入り口には、木刀のようなものを振り上げている三島由紀夫の姿が目に入った。小賀正義と古賀浩靖が入り口から総監の周りに集まってきている。高橋2佐は、隣の自室に備えていた木刀を持っていた。他の自衛官は素手であった。私(寺尾。3佐)は、この4名のうち一番若手幹部で41歳、素手のままで森田必勝の3メートル手前で睨み合っていた。下手に近寄って総監が刺されてはと考えながら、隙を見計らっていたのである。その時、山崎将補が入ってきて、私と森田が睨み合っている側方から「人質に俺が代わる、総監を解放しろ」と言いながらつかつかと総監のそばまで行った。私はこれは危ないことになったと心配しながら森田と睨み合っていたので、森田は私に気を取られ、山崎将補には気が付かない様子であった。山崎将補は人質のそばまで行って初めて短刀が目に入ったらしかった。山崎将補が後ろから森田を抱きかかえようとする瞬間に、「これは危ない」と私は森田の短刀を持った右腕に飛びつき捻(ひね)り伏せて短刀を足で踏みつけた。森田が抱え込まれるときに、総監を刺したが胸を外れて右手の方に流れたと思う。森田がもう一度腕を引いたときは、私が腕首をしっかりと捕まえて捻（ね）じ伏せたのである。縛り付けられた益田総監がこの目の前の光景を一部始終見ていたわけである。総監の右手にかすり傷があったのはこのときの格闘を物語っている。高橋2佐が捻じ伏せられても短刀を放さない森田の右腕を木刀で殴っているとき三島由紀夫がこれに気付き森田を助けにきたが、立ち向かった高橋2佐の木刀には鍔がなかったので、右手の親指が真ん中から切れてぶらさがった。清野1佐は三島由紀夫に「出ろ、出ろ」と日本刀でつつかれて、傍らにあった立て灰皿で防戦しながらバックしていたが、躓いて尻餅をついた。このときなおも日本刀でつつかれ、大腿部を斬られた。私が押さえつけている森田が短刀を放さないので顔面を殴ったが、振り上げた右腕に流れ刀が当たったのか渡辺綱（酒呑童子の子分にあたる茨木童子の腕を切り落とした故事）になる一歩手前の負傷をした。その後三島由紀夫が「出ないと殺すぞ」と言いながら森田を押さえつけている私の背中に三太刀斬りつけた。一太刀、二太刀を浴びても、はじめは木刀で軽く殴られている感じだった。2、3発殴られても短刀さえもぎ取れば、後はゆっくり話ができると思い、もぎ取り続けた。次第に声も力も大きくなり、我慢してとうとうもぎ取った。短刀をもぎ取った瞬間には、「ぶすっと相手の腹を刺したら過剰防衛」「警察が捜しやすいように顔に×印を」「西部劇のようにホールドアップさせてかっこよく綱を切ろうか」「相手は5人、取り戻されたら元の木阿弥」……などの考えが閃いたが、結果は短刀を取って廊下へと飛び出した。この乱闘の間に腕に一太刀、背中に三太刀の重傷を負った。背中の三太刀目は、バシッと戸板で殴られた感じで、その衝撃で眼鏡が落ちた。高橋2佐は、1人殺されたと思って飛び出したと話していた。廊下に飛び出し、業務室に澤本3佐がいたので、「ロッカーに入れて施錠」と言って短刀を突き出したら澤本3佐はびっくりして後ずさりした。血相を変えて短刀を突き出したから驚くのは当然で、「悪かったなあ」と刃の方を手前に持ちかえて渡した。

三島由紀夫との交渉

6人が医務室に運ばれた後は、誰も総監室に入ることができず、総監は人質のまま、「何故こんな事をするのか」と交渉が始まった。三島由紀夫がドアの下から要求書を出した。これが「隊員を集めろ」という。窓ガラスを割って顔を出した途端に関孫六で額を斬られたのは第1部長（人事部長）功刀松男1佐だった。この交渉に当たったのは防衛担当幕僚副長・吉松秀信1佐と第3部長（防衛部長）川久保太郎1佐であった。放送を聞いて次第に隊員が本館前に集まってくる。血を流しながら医務室に運ばれる負傷者とすれ違ったり、血痕を見たりして集まっている。

「檄文」の垂れ幕を垂らして演説

三島由紀夫が総監室からバルコニーに出て演説を始めたときは、事件を取材するヘリコプターの騒音と隊員達の怒号で話が聞こえず、また聞く耳を持った者は誰もいなかったようだ。三島由紀夫は5分も経たないで演説を諦めクーデター失敗と判断し、総監室に戻り、シナリオ通りの割腹の儀式が始まった。

三島由紀夫と森田必勝の割腹自決

「三島さん早まるな」と監禁された状態で益田総監が再三諫めるが、三島由紀夫は既に聞く耳を持たなかった。内臓が飛び出すほどの割腹であった。森田必勝が介錯したが、三太刀失敗、古賀浩靖が四太刀目で首を落とした。

シナリオ通り、弱冠25歳の早稲田大学教育学部学生、森田必勝が三島の自決に続き割腹、古賀が一太刀で介錯した（裁判記録）。

三島の首は後頭部から斜めに切断されたので、枕を添えないと立たなかった。

総監解放と投降

小川正洋、小賀正義、古賀浩靖は総監を解放し、投降した。

彼らは、棍棒・十手等を持っていて刃物は持っていなかった。シナリオでは生き残って「楯の會」を継ぐ約束をしていた。

事件後裁判が終わった頃、森田必勝の親代わり役である長兄が3人を伴い負傷者の自宅まで「ご迷惑をおかけしました」とお詫びに回った。

その後ＴＢＳテレビ・関口宏の「ＴＨＥ・プレゼンター」に森田の長兄と私が出演した（1992年12月6日放映、「三島由紀夫事件の克明証言」）。各々1時間半くらいの取材を受けたが、両方の録画を合わせて30分の番組に編集されている。その編集内容を放送前に厳重にチェックした。「YES」「NO」の場面を逆に編集されていたら取り返しがつかない。生放送にくらべ危険性が大きいと感じた。

負傷者、自衛隊中央病院に集中入院——負傷者9人中6人入院

益田総監、山崎将補、功刀1佐、清野1佐、中村2佐、川邊2佐、高橋2佐、寺尾3佐、笠間2曹の9人が負傷した。益田総監は森田必勝の短刀で、8人は全員三島由紀夫の銘刀関孫六兼元で負傷した。清野1佐以下6人は、自衛隊中央病院に入院した。

寺尾三佐の入院時の様子

私が背中などを斬られ総監室から出た直後、会計課長・川名守治1佐は、「これは大変だ。医務室へ運べ」と大声で言ったが、近くには何人もいない。「木刀で2、3発殴られたが何も怪我していないですよ。医務室なら自分で行きます」と言って、脱兎のごとく走り出

した。１階の会計課の前まで１００メートル余り走ってきたとき、会計課総括班長・関根孝3佐が「予算班長、どうしたのですか」と、背中を見て、これは大変とばかりに私を背負って走り出した。20メートルも走ると、関根3佐の首筋の毛穴からは鯨のように塩が吹き出ていた。「何でもない、自分で歩くよ」と言っている頃、川名1佐が追いついて来て、丁度そこに自転車で駆け付けて来た人のハンドルを捉まえ「おい貸せ」と降ろし、私に「乗れ」と言う。私は荷台に乗ったが、川名1佐が「誰か運転を」と言っているので、「自分で行きます」と、そのままハンドルに手を伸ばしてこぎ出した。医務室の入り口にまで着くと、担架が用意されていた。これは、予算班の依田清1尉が先回りして呼び出していたものである。　私はそのまま診察台にうつ伏せになった。医官の杉浦健一2佐が「おい、ハサミ」と言っているので、「服なら自分で脱ぎます」と私が言った途端、「黙れ」と一喝された。杉浦2佐は川名1佐に向かって「黙らせないと危ない」と言った。ここには内科医しかいないので、他の病院へ搬送されるらしいが、「出血多量で時間の勝負だ」という話が聞こえてくる。東京女子医大病院や慶應病院が距離的には近いが、手術準備の消毒だけでも30分はかかる。自衛隊中央病院は当日は手術日であり、他の手術を延ばして最優先で受け入れるよう調整したという。「あとは搬送時間が問題だ」「出血多量で五分五分」という電話でのやりとりの声も聞こえてくる。
私の背中の傷は根元を縛って止血することができない。胴体にガーゼをあてて包帯でぐるぐる巻きにして圧迫していた。アンビュランス（救急車）に運び込まれたら、先客に川邊2佐がいた。身動きもしないので「大丈夫ですか」と声をかけたら、「大丈夫だよ」と答えが返ってきた。

薬王寺門を出たところでエンストした。「セルを回せ」と言ったら、運転手は「駄目です。だましだまし使っていたのがもう駄目です」と言う。この車は太平洋戦争で米軍が使ったお古を日米供与という形で貰ったもので、最初は素晴らしく感じたが、更新するだけの予算がないので整備をして使っているポンコツ車なのだ。「ヘリを呼べ」と言ったら、「飛び去った後で、音は聞こえるが無線が通じません」と悲痛な声が返ってきた。「ああ、これまでか」と一瞬思った。

そのとき丁度救急車が通りかかった。運転手は道路の真ん中に飛び出し両手を広げて止めると、「これに乗り換えて下さい」と叫んだ。

要請を受けて出動中の牛込消防署救急車が、目の前の救急を優先してくれたという。「中央病院への抜け道を教えようか」と言ったら、「安心して下さい、私はこの間まで自衛隊ドライバーで中央病院には通っていましたから、よく知っています。静かに休んでいて下さい」と言う。不幸中の幸い、運が良かった、これで助かるかもしれない、と再び希望が出てきてほっとした。

中央病院への道は長く感じたが、間道を抜けて、渋滞もなくスムースに到着した。2名のナースが玄関まで台車で出迎えていた。それに乗るとシーツと毛布を掛けられ真っ直ぐに手術室へと運ばれた。生きている、もう大丈夫と実感した。

入院生活状況

手術室に入ると手術台にうつ伏せになり、レントゲン写真を2、3枚撮ったあと、アルコールで消毒された。「あっ」と悲鳴を上げた。まるでカチカチ山ボウボウ山のような感じだった。医官・板谷重忠2佐が「悪かった、水、水」と指示し、局部麻酔をして血を拭き取った。「輸血はしないでやってみます」と言う。「23糎(センチメートル)、5糎、15糎、3糎、こちらは30糎……」と言っている。傷口を縫っているときに、「何糎というのは何のことですか」と尋ねると、「傷の深さ、長さです」「内臓に達していますか?」「大丈夫です、外科だけです」と言われ、もう安心と思った。

最後に右腕を縫うときは、医官の動作をよく見ることができた。板谷医官からは「しっかりしていますね。もう安心して下さい」と励まされた。そして板谷医官から「三島さんが今、割腹自殺した」と教えられた。

手術が終わり、病室に運ばれると5人の仲間患者が既におり、全員が点滴を受け青息吐息でいた。しかし「あなたには点滴は必要ありません」と言われた。

私には点滴が要らなくても、みんなのように仰向けで寝ることができない。右腕にはギプスをして腕を吊り、背中に三太刀の大傷、ベッドに腰掛けた状態が一番楽な姿勢だった。

間もなく警視庁の事情聴取依頼があった。病院から許可をもらったらしいが、応じられる状態の者は他にいないので、私が対応することになった。マスコミはシャットアウトしてあるそうだが、この事情聴取をシャットアウトするわけにもいかないので応じた。

質問の中で「あなたが短刀をもぎ取った相手は誰ですか?」と3人の写真を見せられた。誰とも面識がなかったので、判るはずがない。「体格や顔つきから判断すると古賀浩靖に似ている」と写真を指差した。

マスコミ対策のために負傷者6人を外科病棟の1室に入室させたらしいが、入り口の名札には、「寺尾」のところだけ赤札になっていた。看護婦長に理由を聞くと、「あなただけが外科の患者で、ほかの方は皆整形外科の患者です。ここは外科病棟ですから」と答えが返ってきた。慌てた様子でとっさの返事をしていたように感じたので、「新聞には重症患者と書かれているが危ないのか」と更に尋ねると、「そういう印ではありません」と答えていたが、後日、やはり注意マークだったことを教えてくれた。

見舞いの方々が入れ替わり立ち替わり来訪した。運動場は、見舞いに駆け付けた将官の乗用車の駐車場と化していた。

東部方面総監部の三好秀男幕僚長は、「寺尾は重傷と言われたが、一番早く2週間で退院できる。君は碁を打っても、麻雀をしても負けないが、三島由紀夫に関孫六で斬られても、皮と肉だけしか斬らせていない」と大声で言っていた。ほかの5人は点滴を受けているのでばつが悪かった。

就寝時間になっても、左側を下に横になるだけで、寝返りも何もできない。ギプスをした右腕を食台の上にのせたまま、左尻1箇所で体重を支えているので、痛くなり、マットの下の簀の子板の枚数が尻で数えられる。空気枕を尻にあててもらったが効き目がない。翌朝簀の子を調べたら板の角を取ってなかった。ほかのベッドは角を丸めてあった。欠陥ベッドだと言ってベッドを取り替えてもらったが、それでも痛くなった尻は急には治らない。横になれないので、昼間はベッドに腰掛け、そこらあたりを歩き回っていた。入院後2週間のうちの大部分は腰を掛けたままで眠っていた。

こんな状態であったので、ほかの5人の包帯交換は全部見ていた。隣ベッドの中村董正2佐は、刀を掴んだまま引かれたので、左の手のひらが2つに裂けて神経が切れており、双方向を切り開いて神経を引き出して繋ぎワイシャツのボタンのようなものを付けて止めてある数個のボタンが見える。こんな手術を数回繰り返せば機能は少しずつ回復するが、1年はかかると言っていた。しかし、2回の手術で打ち切り、6か月で退院したという。このため握力は、たばこの箱を縦には掴めるが、横には持ち上げられない回復の程度で諦めたようだ。

高橋清2佐は、右手親指が真ん中から半分に切れて落ちそうだったが、繋いでやきとりの串のような金属棒を3本縦に刺し固定していた。「治れば、パチンコができるくらいになりますよ」と言っていた。3か月ほどで退院したが、いつも右手に手袋をしていたようだ。ゴルフは左手で結構上手く続けたと聞いている。

笠間寿一2曹は向かいのベッドにいて、右手首の甲を神経を引き出して繋ぐために大きくS字形に切り開いていた。彼の得意な筆耕も手首が上手く動かないため、退院後に、肘を動かして書いているのを見たときは痛ましい限りであった。

川邊晴夫2佐は、腕、顔、背中を二太刀ずつ斬られたが、額の傷がもとで片方の眉毛が下がって、人相が変わってしまった。

清野不二雄1佐は、大腿部の内側を斬られ、大動脈から外れたものの骨も斬られたらしい。5人の方は、筋・骨に及ぶ整形外科の手術を受け、入院期間も2～6か月かかった。私は外科だけで、2週間の緊急入院・緊急退院だったので、不幸中の幸いを感じざるを得なかった。

手術の縫合を見るとみんな丁寧に細かく縫ってある。私の右腕もきれいに縫合されていたが、背中は3糎ほどの間隔で大雑把な縫い方がされ、しかもやけに凸凹している。この違いを医官に尋ねたら、「背中は見えないところだから最低限にしてあります」と言う。「凸凹しているのは、あなたが走ったから傷口の筋肉が開いているのと、傷が深く傷口が塞がらないので途中で肉を引き寄せて縫ってあります」「走らないで担架で運ばれていればきれいに縫えたんです」と説明を受け初めて納得した。

平岡瑤子夫人の謝罪廻り

事件から1か月近く経って三島由紀夫夫人が「大変なご迷惑をかけまして申し訳ございません」とお詫びに来た。ある週刊誌に「事件から1か月を迎え、負傷した方々に対しお詫びの挨拶を済ませ云々」と書かれて、慌てて挨拶廻りをしたようである。夫人は榮太樓の羊羹を持参し差し出した。

私が、「奥様には何の恨みもありません。命を取り留めたのでむしろ奥様が気の毒に思います。……三島さんも気の毒に思います」と言ったら、夫人はぽろりと涙を流した。

益田総監の真相の話——退院報告時の対話

退院後の自宅療養を経て出勤初日に、総監に退院報告に行った。重傷患者が一番早く退院し死亡者が出なかったことを確認して、総監は喜んでくれた。

「まあ、ゆっくり掛けたまえ」と総監はソファーで膝をくんで、2時間にわたり2人だけの話が続いた。

総監は、三島由紀夫との面会時の話や、監禁されてからの様子、三島との交渉のやりとりを詳しく話してくれた。総監は監禁されたまま、総監室で起こった出来事を目前に一部始終見ていたのである。

「貴公は一番勇敢で沈着且つ冷静だった」

「礼を言いたい」

「もし短刀をもぎ取ったときに貴公が閃いたような行動を取っていたら貴公の命はなかったかもしれない……。それだけでなく私の命もなかっただろう」

「あの場で死人が出たら収拾がつかなくて大混乱になっただろうと思う」

「よくぞ沈着、冷静であった。これが真の勇気というものだ」

と、たて続けに話された。

総監「斬られたときの感触は?」

寺尾「最初の右腕は全然感じませんでした。森田必勝が短刀を放さないので、顔面を一発殴ったとき右手の甲にピンク色の液が流れたのを感じましたが、短刀を右足で踏みつけて

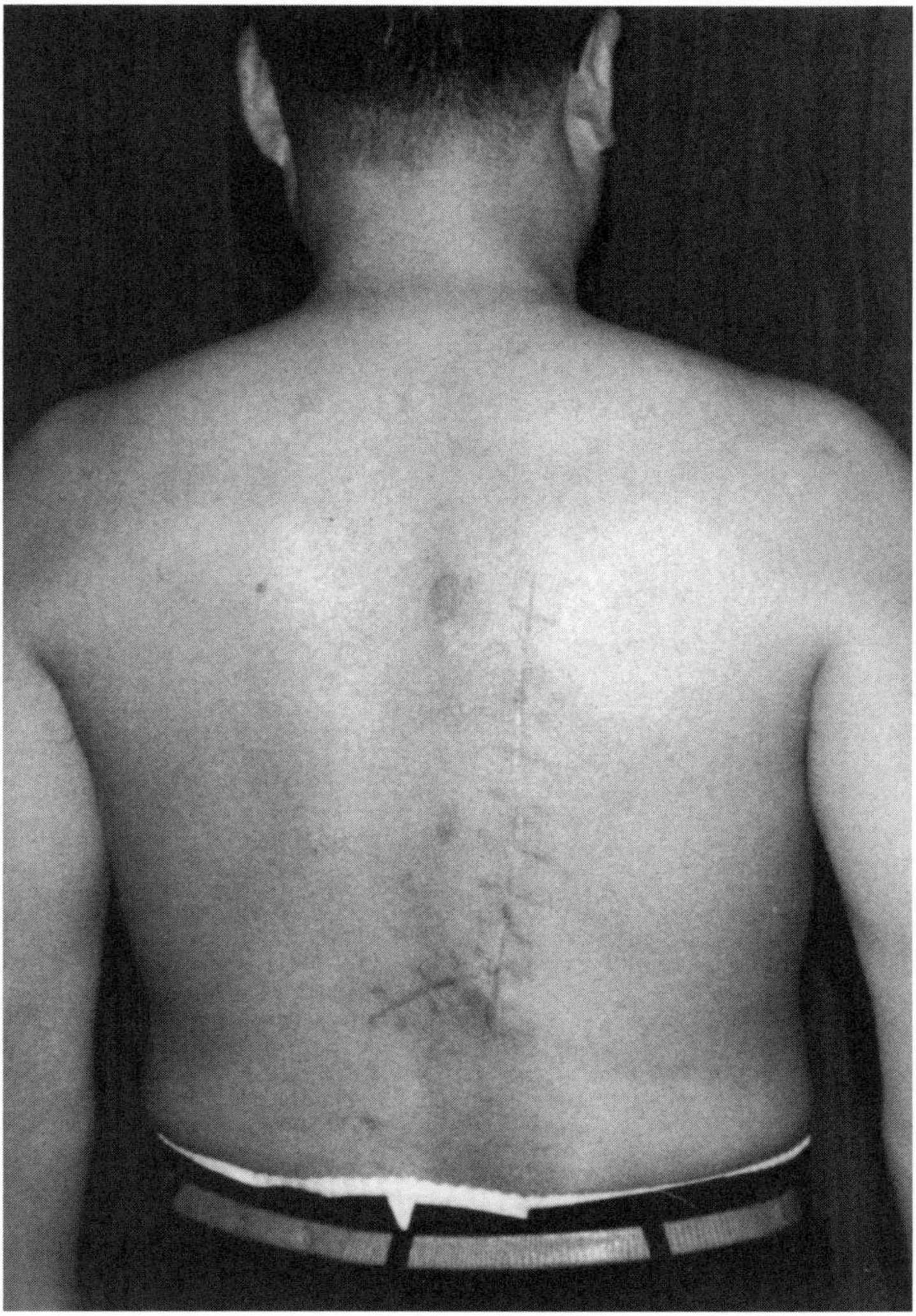

いて怪我した覚えがなかったので不思議に思いました。背中は2発までは木刀で殴られているる感じでした。3発目は平らな戸板のようなものでバシッと殴られた感じでした。このときの衝撃で眼鏡が落ちました」

総監「やっぱりそうか。俺も鉄砲の弾が当たったときの感触は同じようだったよ。神経がぱっと一度に切れるとそんな感じだろうな。俺は割腹自決に立ち会ったのはこれで2回目だよ。最初は終戦のとき、友人の晴気少佐に頼まれてなあ、この市ヶ谷台でな、今でも碑が立っているだろ。因果なものよなあ」（＊晴気誠陸軍参謀少佐、昭和20年8月17日市ヶ谷台にて割腹自決。益田兼利は士官学校46期で同期）

「三島さんも、いくら諫めても聞かなかった」

益田総監隷下部隊で真相の訓話

益田総監は、退任の前に第1師団、第12師団等を始め隷下の主要部隊を訪問し、訓話を行った。訓話の内容は、三島由紀夫事件の真相の説明が中心であった。「三島さんは武士道を全うしたが、俺の武士道はどうしてくれるのか」と憤慨しておられた。

益田総監の辞任

「潔しとしない！！！」

益田総監は中曽根康弘防衛庁長官と膝詰め談判の末、潔しとしないと言って全責任を取って辞表を提出した。

私は、この膝詰め談判の記録テープを聴いて腸が煮えくりかえる思いがした。

それは中曽根長官の「俺には将来がある。総監は位人臣を極めたのだから全責任を取ればー件落着だ」というくだりにである。「東部方面総監の俸給を2号俸上げるから……」(これは退職金計算の基礎額を上げて退職金を増やすという意味)。こんな準備をして迫った。

当時、第11師団長（月額16万円）から東部方面総監に栄転してきた後任の中村龍平総監（月額32万円）のご夫人が池田勇人総理が提唱した所得倍増計画よりもすごいと吃驚していた。

歴代の防衛庁長官で全責任を取らなかったのは中曽根長官だけである。

私は学生時代に、大隈講堂で政治討論会を聞いたことがある。そのとき各党を代表して演説をした政治家は、石橋湛山大蔵大臣、浅沼稲次郎、川崎秀二、野坂参三、中曽根康弘

（弱冠28歳の最年少で衆議院議員に当選）であった。

　このとき、中曽根は将来総理大臣になるかもしれない、と思い期待していたが、前述のテープを聴いて、中曽根はこういう男かと嘆かわしく思った。風見鶏と言われながら渡り歩いて、とうとう最後には総理大臣にまでなった。総理大臣のとき、憲法改正ができないので「専守防衛」という「政治的捏造語」を唱えて、その場しのぎで今日まで国民や近隣諸国を誤魔化してきている。


　朝鮮戦争を機に米国の要請で警察予備隊を創設したときが憲法を改正する好機だったが、いまだ独立していなかった。吉田茂総理以来政府は、「軍隊ではない」警察予備隊が保安隊、自衛隊に発展し世界各国は優秀な軍隊と認めることとなっても、国際法上は通用しない私生児の位置に置き続けた。自衛隊は憲法上も私生児として、税金泥棒と呼ばれながらも、黙々と任務を遂行し今日の評価をおさめてきている。

　日本が主権を回復したとき、「独立国の憲法」を制定すべきだった。沖縄の本土復帰のときもそのチャンスだったと思う。

「専守防衛」は戦理的にも成り立たない。スポーツ・ゲーム・討論その他あらゆる戦いで勝てるはずがないことは明白である。攻撃は日米安全保障条約でアメリカ一辺倒だが、拉致問題の解決や排他的経済水域（ＥＥＺ）、遠隔諸島までは守ってもらえそうにない。近隣諸国は主権放棄と日本を侮っているではないか。

条約は一方的に破棄されたら終わり。第二次世界大戦末期に、ソ連に見せつけられたではないか。

このような「誤魔化し政治」は国際的、国内的にも通用しない限界の時期にきている。独立国の主権を守る国防を誤魔化していては、諸外国から嘗められて、対等の外交などできるはずがない。

総理が外国を訪問するときは国立の戦没者墓地の参拝から始まるが、靖国神社への参拝はしない。近隣諸国を気にして別宮を造る愚案まで出ているが、２５０万柱の遺族に別宮に魂を遷してと希望する者はいない。この愚案は政治家の逃げ道に過ぎないことを認識すべきである。

三島由紀夫の「心の叫び」を今いちど思い起こすときである。42回目の「憂国忌」にあたり、あらためて三島由紀夫氏の霊安かれと心からお祈りする。

編集者注記

寺尾克美氏（陸将補）は早稲田大学を卒業して防衛庁設立と同時に幹部候補生として入庁。旧軍での経験はない。同時に防衛大学校も設立されたが、防大の第1期生は4年後に卒業しているので、寺尾氏は防大卒マイナス4期生となる。益田兼利は陸士46期。その他の佐官も陸士である。当然ながら戸山流抜刀術を学んでいて撃剣については周知している。益田兼利陸将は、敗戦時、そして三島由紀夫と、2度にわたる切腹を見届けた稀有の人物であった。寺尾氏は三島由紀夫に斬られた。その後は生き証人として三島精神、憲法改正を訴えて獅子奮迅の活動をされている。出演したテレビ番組の放送内容は資料として弊会が提供を受け保存した。あれから50年・半世紀。お元気でいらっしゃることを申し添える。

寺尾氏の講演録に基づき聴衆でもあった比留間誠司が書き起こしました。

第三章

二人の自衛官
菊地勝夫と西村繁樹

三島由紀夫研究会事務局長　評論家
菅谷誠一郎

はじめに

本章では生前の三島由紀夫に接し、かつ、弊会とご縁のあった二人の元自衛官を紹介する。

菊地勝夫氏は昭和一一（一九三六）年、仙台の出身であり、昭和三五（一九六〇）年に防衛大学校（第四期）卒業後、昭和四一（一九六六）年に陸上自衛隊幹部候補生学校教官、昭和五七（一九八二）年に帯広・第四普通科連隊長、昭和六一（一九八六）年に北部方面総監部人事部長、昭和六三（一九八八）年に沖縄地方連絡部長、平成二（一九九〇）年に少年工科学校長を歴任し、平成四（一九九二）年に陸将補で定年退官している。退官後、綜合警備保障株式会社人事第二部長であった平成一二（二〇〇〇）年、かつて一尉時代に富士学校入校中だった三島の対番学生（指導係）を務めた当時のことを弊会公開講座で講演している。前半では菊地氏の講演内容とその際に紹介された三島からの書翰を紹介する。

西村繁樹氏は昭和二二（一九四七）年、大阪の出身であり、昭和四四（一九六九）年に防衛大学校（第一三期）卒業後、北富士・第一特科連隊、調査学校教官、防衛庁内局国際

室勤務を経て、昭和五五（一九八〇）年から昭和五八（一九八三）年までランド研究所客員研究員、ハーバード大学国際問題研究所客員研究員として在外研究に従事している。昭和六〇（一九八五）年に陸上幕僚監部防衛課防衛班に配属後、陸上自衛隊幹部学校戦略教官室教官、財団法人世界平和研究所主任研究員を経て、平成六（一九九四）年から平成九（一九九七）年まで再びランド研究所客員研究員を務め、帰国後に幹部学校戦略教官室教官・同副室長を歴任している。平成一三（二〇〇一）年、一等陸佐で定年退官し、平成二四（二〇一二）年まで文官の資格で防衛大学校戦略教育室教授を務めている。防大退官後は防衛省所管公益財団法人・偕行社で参与・安全保障委員を務め、平成三〇（二〇一八）年、弊会公開講座で三島との関係を初めて公言した。翌年、著書『三島由紀夫と最後に会った青年将校』を刊行した直後に急逝し、同書が遺著になってしまった。後半では西村氏との出会いから別れまで、遺著への評価も含めて述べる。

菊地勝夫氏の講演

ここでは平成一二（二〇〇〇）年一〇月二四日、新宿区の旧大正セントラルホテルで開催された三島由紀夫研究会公開講座における菊地氏の講演「三島由紀夫と自衛隊―三島は自衛隊で何を学び、何を求めたのか?―」の概要を紹介する。当時、筆者（菅谷）は事務局で公開講座の運営に関わり始めたばかりであり、主立った公演については速記メモをとり、のちにノートに浄書するようにしていた。本稿はそのノートから講演内容を復元したものであり、「テープ起こし」によるものではない。ノートでは語句の羅列にとどまっていたものを本書執筆にあたり、読みやすさを考え、講演要旨の形に整理し直したことや、質疑応答時のコメントも含まれている点をことわっておく。のちに筆者自身の聞き間違えや、誤植と分かった箇所については修正を加えた。

ただし、講演の冒頭で菊地氏が、「諸先生方の前で甚だ恐縮ですが、生前にお付き合いさせていただいた時と同様に今日の講演では三島さんと呼ばせていただきます」と述べ、会場から拍手が湧いたことは二〇年経った今でもはっきり覚えている。以下、筆者の手元にある講演記録ノートから菊地氏が私たちに伝えた内容をたどっていくことにしたい。

三島は精神的に大きな遺産を遺した。今でも生きて欲しかったと思っている。高らかな笑い、明確な論旨での会話が思い出に残っている。これまでの三島論の欠落は三島由紀夫と自衛隊との関わりを十分検討していないことである。

富士学校は陸上自衛隊最大規模の学校であり、普通科、特科、機甲科の自衛官が入校して教育を受ける場である。昭和四二年春、自分は三〇歳の一尉として福岡県久留米市の陸上自衛隊幹部候補生学校教官だったが、富士学校のＡＯＣ（幹部上級課程）に学生として入校することになった。その年四月、四二歳の三島が約二〇日間の教育を受けるため、同じ富士学校に入校してきた。一〇人クラスの中に入ってきて、本名の「平岡さん」と呼ばれていた。学生長から「この度、わが富士学校に留学生を一名受け入れることになった。君に対番学生をやってもらいたい」と言われたとき、「私は語学ができませんので適任ではありません」と辞退したが、「大丈夫だよ、菊地君。私たちよりも日本語が上手な方だから」と言われた思い出がある。

三島は、「私は日本男児として防衛に参画する名誉ある権利を有する。したがって、自衛隊の人は私に教える義務があり、私は教えてもらう権利がある」と述べていた。また、三島はクーデターについて、しきりに自分に対して質問をしてきた。「今の自衛隊青年幹部はクーデターの意思があるのか。戦後の防大出身者は何を考えているのか」という三島の問いに対して、自分は、「今の防大出身者でクーデターをやる人間などいない。やることがよくない。やることが不可能である」旨を述べた。そもそも今の日本社会は昭和の時代に入ってからは一部の人間が事を起こすことはあっても、それで変わるようなものではない円熟した構造になっている。自衛隊では小銃弾一発ですら自由に持ち出せないような厳しい内規になっており、クーデターなど起こせないのである。

また、三島は「もし自衛隊が勝手に蜂起して言論を抑圧することがあったら、関孫六を持って斬り込んでいく」とも述べていた。

七〇年安保と憲法に対する当時の認識に触れる。三島の認識は自衛隊が対象勢力を打ち倒して本当の日本をつくろうというものであり、それが楯の會設立につながった。それに対して、自衛官であった自分の認識は共産党の宮本顕治が武装蜂起に踏み切るかどうか、という点にあった。三島は治安出動が不可避であり、これこそがチャンスだと考えていた。かつて吉田茂首相はストに警備警察（機動隊）で対応して成功した。自衛隊の大半は本心で憲法を改正すべきだと思っている。自分は防大入校時、朝鮮戦争により共産主義勢力が台頭するような危機の中で戦わなければならないという意識を持っていた。したがって、憲法問題に関する三島の質問に対しては、「（現行憲法は）変えたほうがいいけれども、われわれの願いではどうにもならない。憲法の解釈に対しては、その時々の国民の叡智に任せるべきだ」という旨の返答をした。

富士学校では主として戦術に関する教育が行われ、第一線の中隊長としての指揮を勉強することになっている。三島の起稿した命令文は美文であり、レンジャーへの関心が強かった。レンジャー教育では体力記録の限界に達しても任務を達成する隊員を育成することが目的であり、破壊活動、情報活動など、最後の一人になっても任務を遂行するのが使命である。

三島は体力錬成の段階で小銃持ち駆け足が一番苦手であり、いつも助教に怒鳴られていた。三島は習志野の落下傘部隊（第一空挺団）でも訓練を受けており、自衛隊と共に七〇年安保を戦うという意識で体験入隊を志願したようだ。自分たちも貴重な文化人という意識で三島を迎えた次第である。

三島には劣等感があり、強い肉体と精神を求めていた。虚弱体質から来る、死に対する恐れや怖さ、その一方で、死への憧れがあったのであろう。三島は死に対して、死を超越できるものを求めていたのではないか。あるいは死というものの瞬間に美しさを求めていたのではないか。

七〇年安保に対する三島の認識は次のようなものだった。すなわち、一九七〇年に必ず日本では騒乱状態が起こり、自衛隊が出動する。そこで日本国民が反省し、国家を建て直す唯一の機会が訪れる。その時こそ、楯の會は市民として国家のために死ぬというものだった。しかし、実際の七〇年安保は不発の結果に終わり、三島が期待したようなチャンスはなくなった。ここに三島が決心する動機があったのではないか。純粋な学生諸君にどうやって始末をつけるのか。三島は悩んだ末、結局、森田必勝だけを連れて命を絶ち、楯の會の人々に新たな生き方、そして、これで終わりだということを示したのである。

三島事件当時、自分は市ヶ谷の陸上自衛隊幹部学校指揮幕僚課程に在籍していた。授業終了後、初めて三島の自決を知った。事件の一週間前、銀座のスエヒロで三島と森田に会い、今までのことについての御礼を言われた。この時、三島からは毛筆でしたためられた漢文を見せられた。勝海舟が西郷隆盛（南洲）の死を悼んで詠んだ琵琶歌「城山」である。自分が考えるに、日本の軍隊は戦場に死傷兵があれば、それを収容するため、もう一度戦闘をするものである。おそらく三島は部下のために命を捨てた西郷の心情を追憶していたのではないだろうか。

三島が最期を遂げた市ヶ谷の東部方面総監部総監室は旧陸軍大臣室である。東部方面総監だった益田兼利陸将は三島さんが制服自衛官として最も尊敬していた人物であり、三島が自衛隊に体験入隊した時に陸上幕僚監部第五部（のち教育訓練部に改称）長だった。方面総監は自衛隊の治安出動時の実質的な最高責任者であり、三島は惚れた男のもとで死にたかったという気持ちがあったのだろう。

三島には男としてのロマンがあった。部下に対して責任をとるという意識が強く、事件当時、本気でクーデターを考えていなかったのではないか。実際、楯の會隊員にも何も喋っておらず、クーデターの具体的準備もしていなかった。また、三島は神道に傾倒しており、『葉隠』の話をよくしていたほか、すべてが天皇に帰着するという考えを持っていた。無声映画である『憂国』を見せてくれたとき、三島は死に対して何とも言えない恐ろしさと憧れを持っていたように感じた。三島は武士として、軍人として死にたかったのである。

三島由紀夫から菊地氏への書翰

さきの講演当日、菊地氏は昭和四三年四月四日付の三島からの書翰をコピー（A4サイズ・全四枚）して配布している。便箋四枚に万年筆でしたためられたものであり、『決定版三島由紀夫全集』第三八巻（新潮社、平成十六年）にも収録されている。貴重な内容であるので、講演要旨と合わせて全文を紹介する。段落構成は原文のままであり、註釈は筆者（菅谷）によるものである。

前略

先日は久々にお目にかかれ、ゆっくり歓談することができ、何よりの喜びでありました。

御懇切なお手紙、幸ひにも、滝ヶ原の最後の日、三十日朝に落掌いたしました。あわてて自室（實ハ中隊長不在の中隊長室）にとぢこもって、じっくり拝讀いたしました。訓練最後の日なので、御文面は一入（ひとしほ）感銘が深かったのです。

三十日は小雨のパラつく日でしたが、朝、市来「一木塚」まで駈けて、塚上で隊歌演習や、教官の胴上げをし、［正］午すぎ離隊の時は、聯隊長以下営門まで送って下さって、学生たちは主任教官以下助教の一人一人と握手し、双方滂沱たる涙を流し、バスに乗ってからも一時間も泣きつづけてゐる学生もあり、正に一大感激シーンでした。小生としても「男の涙」は終戦後はじめて見た気がいたします。この瞬間に、小生の永年夢みてきた「戦士共同体」に魂が入った気がしました。

後半の山場はレンジャー式コンパス行進（一晝夜）と行軍とでした。小生は後者にのみ参加しましたが、戦闘行動を伴ひ、三十二キロか三十五キロの行軍ののち、控へ銃の二キロ駈足から突撃行動で、空砲も撃ち（二十発）、小生のもつとも皆に味はつてもらひたく思つてゐた訓練で、皆よく頑張りましたが、不幸小生は駈足の前でバテテ了ひ、ジープで追求する他なく、「落ちた偶像」だとあとでからかはれ、切歯扼腕しました。銃剣術も十八名初段をとり、体力検定も、はじめは級外が多かつたのが、二度目は、（練兵休の一人をのぞいて）全員級内に入り、一級も一人ゐました。實に大成功だつたと思ひます。学生たちは面目一新、逞しくなり、考へも地に足がついてきて、立派な第一期生になつてくれました。ここまでこぎつけたと思つたら、小生もドッと疲れが出て、目下、モーロー状態、仕事もできません。きのふは新陸幕長［山田正雄陸将］に会つてきて協力を約していただき、今日は富士学校長［碇井準三陸将］をお訪ねしてお礼を申し述べ、夏の續行をお約束いただいてきました。これで第一段階は無事終了です。

本当に菊地一尉の力強い精神的御支援がどんなにか勵みになつたかしれません。今後も何卒よろしく御指導いただきたく思ひます。

岩田［貞幸］一尉も實にすばらしい教官で、学生たちの信望も得、完璧の御指導だつたと思ひます。

ベトナムにも和平が来て、これから眞に自主防衛論が、夾雑物なしに論じられるべき秋（とき）と存じます。

新候補生を迎へて久留米の櫻の花の下で訓練教育に清新の気に充ちあふれてをられる大兄の英姿を想像しつつ。

匆々

四月四日

三島由紀夫

菊地勝夫様

三島が最初に自衛隊に体験入隊したのは昭和四二（一九六七）年春であるので、この書翰はそれから一年後に執筆されたものである。三島と共に滝ヶ原分屯地に体験入隊したのは日本学生同盟や早大国防部の学生たちであり、のちに彼らは昭和四三（一九六八）年一〇月に発足する楯の會の第一期生となる。三島としては、単身ではなく学生を引率しての体験入隊であったことで、彼らとの体力差を自覚する機会になったことが文面からも分かる。しかし、それ以上に三島にとっては、「戦士共同体」という言葉で表現された自らの理想を自衛隊に求めようという思いが強まったはずである。

のちの市ヶ谷での檄文には、「かへりみれば、私は四年、学生は三年、隊内で準自衛官としての待遇を受け、一片の打算もない教育を受け、又われわれも心から自衛隊を愛し、もはや隊の柵外の日本にはない『真の日本』をここに夢み、ここでこそ終戦後つひに知らなかつた男の涙を知つた。ここで流したわれわれの汗は純一であり、憂国の精神を相共にする同志として共に富士の原野を馳駆した。このことには一点の疑ひもない」とある。三島が見た「男の涙」は昭和四三年の体験入隊終了後、学生たちが流したものであり、決して偽りない表現であったのである。

また、書翰の最後にはベトナム戦争終結の兆しが近いことに合わせて、日本で「自主防衛論」が高まることへの期待感が綴られている。パリで調印された和平協定に基づき、米軍がベトナムから完全撤退するのは昭和四八（一九七三）年であり、サイゴン陥落によりベトナム戦争が終結するのは昭和五〇（一九七五）年である。三島が昭和四三（一九六八）年の段階でベトナム戦争の終結を予期していたのは驚きであるが、同時に、米国によるアジア戦略の後退を自主防衛論の好機と捉えている点も興味深い。それだけに、この書翰は昭和四〇年代における三島の自衛隊や防衛問題への認識を知る上での一次史料の一つである。

さきの公開講座終了後、会場近くの居酒屋で懇親会が開催され、筆者は菊地氏と直接言葉を交わす機会があった。筆者自身が菊地氏に対してどのような質問をしたのか、正確に思い出すことはできない。ただし、菊地氏が店から出る前に、「事件当日の市ヶ谷駐屯地は主力の第三二普通科連隊が演習のため、不在でした。あの日、市ヶ谷駐屯地にいたのは補給や輸送などの留守部隊でした」と述べたことは覚えている。三島自身もそのことは知っており、クーデターを起こせるような環境にはなかったというのが菊地氏の説明であった。

なお、菊地氏と三島については、杉原裕介・剛介『三島由紀夫と自衛隊―秘められた友情と信頼―』（並木書房、平成九年）でも紹介されているので、興味ある読者は参照されたい。菊地氏は退職自衛官の地方組織である埼玉偕行会で副会長を務め、平成二四（二〇一二）年一〇月一九日に逝去した際は県内在住の弊会役員も告別式に参列したと記憶している。

西村繁樹氏との出会い

冒頭に述べたように、西村氏の自衛隊でのキャリアは部隊勤務よりも研究・教育部門での勤務が長く、のちに文官教授として一一年間、防大で教鞭をとっている。単著として『ＳＤＩ戦略防衛構想―〝スターウォーズ〟とは何か―』（教育社、昭和六〇年）、『防衛戦略とは何か』（ＰＨＰ研究所、平成二四年）、共著として『日米同盟と日本の戦略―アメリカを見誤ってはならない―』（ＰＨＰ研究所、平成三年）、『「戦略」の強化書』（芙蓉書房出版、平成二一年）があり、いずれも米国での在外研究の成果が遺憾なく示されている。中でも『防衛戦略とは何か』は冷戦時代における日本の防衛政策の変遷や、防衛庁内局との関係、対ソ防衛戦略の在り方を知る上で重要な業績である。

筆者が西村氏とご交誼を得たのは平成二九（二〇一七）年一月であり、偶然にも共通の友人がいたことがきっかけであった。すでに西村氏の業績は承知しており、最初にご挨拶申し上げた時には、「今後腹蔵なくお話しし、切磋琢磨させていただきたく存じます」という鄭重な言葉をいただいた。西村氏の安全保障論は大きく分けて二つの柱により成り立っていたと言える。第一に、日米同盟破棄論は現実的ではなく、在日米軍が平時から駐留していることで抑止力向上に寄与している。第二に、日本は地政学的にロシア、中国大陸、朝鮮半島という三方面の脅威に対処しなければならず、常に北海道方面の防衛力は相当程度維持しなければならない、というものであった。以上の見地から、一部の自衛隊ＯＢが主張する日本核武装論や自主防衛論、北部方面隊縮小論に加え、前の安倍政権による対露宥和外交に対しても批判的な立場をとっていた。

西村氏自身は三島と邂逅があったことをごく親しい範囲の人にしか漏らすことはなく、当然ながら、筆者も最初は両者の関係を知らなかった。ところが、平成二九（二〇一七）年五月、ある出版関連の案件で憂国忌代表世話人・宮崎正弘氏、同発起人・藤井厳喜氏と打ち合わせをする機会があり、そこで藤井氏の口から西村氏の名前が出た。すなわち、自分がハーバード大学で在外研究をしていた時に一緒だった西村繁樹という自衛官は尉官時代に三島さんと接点があった。一佐で退官せざるを得なかったが、当人が元気なうちに憂国忌か公開講座で講演させてはどうか、というものだった。まさに「世間は狭い」とはこのことだと思った。早速、筆者は西村氏に連絡を取り、約三週間を経て、講演を前向きに検討したいとの回答をいただいた。後述するように、西村氏は昭和四五（一九七〇）年八月、三島に対して「軍民会合」を提唱する書翰をしたためており、筆者から連絡を受けた後、その控えを必死に自宅で探していたのである。ただし、すでに退官した身であるとはいえ、弊会での講演に逡巡するところがあったのも事実である。

同年一二月、池袋駅前の寿司店にて代表幹事・玉川博己氏と筆者、西村氏の三者で懇談する機会が設けられた。打ち解けた会食の中で玉川氏から弊会の趣旨を説明申し上げ、ようやく講演快諾の返事をいただいた。こうして平成三〇（二〇一八）年二月二八日、アルカディア市ヶ谷にて「三島由紀夫と最後に会った自衛官（おとこ）」という演題で公開講座が開催されるに至った。西村氏は冒頭で、「由緒ある三島由紀夫研究会にお招きをいただき光栄に存じます」、「本日、三島氏との思い出について話をするのは事件以来、初めてのことであります。実に四八年ぶりになります」と述べた。しっかりした声の中に緊張感をにじませつつ、多くのパワーポイントを使用しながら講演は進められた。防大在学中の昭和四三（一九六八）年、三島と滝ヶ原分屯地で出会ったことに始まり、三島事件後、三島の信念をどのように受け止めながら幹部自衛官として勤務したのかなど、初めて明らかにされる内容ばかりであった。この講演要旨は翌年に弊会の会報に掲載されたが、西村氏自身は講演内容に加筆する形で「三島事件・四十八年目の真相―三島由紀夫と最後に会った青年将校―』」（『Ｖｏｉｃｅ』第四九二号、平成三〇年一二月号）を発表している。

なお、弊会での講演から三か月後の五月一七日、西村氏は偕行社の安全保障特別講座で、「憲法改正と自衛隊―安倍改憲案の問題点と手段　安全保障参加の発議―」と題して講演している。安倍政権による自衛隊「加憲」案は将来に禍根を残すものであり、あくまでも憲法第九条二項の削除による自衛隊の「国軍」化を目指すべきというのが西村氏の主張であった。質疑応答の際、自衛官出身の出席者からは、「安倍さんが総理のうちに自衛隊を憲法に明記しなければ、次の機会はいつ来るか分からないではないか」という批判的な指摘もあったが、西村氏は「焦って憲法改正をやる必要はない」との持論を貫き、かなり熱を帯びた議論になった。この日、私は遅参して会場に入ったが、のちに司会者から聞いたところによると、西村氏は講演冒頭で三島の主張に触れていたとのことであった。この偕行社での講演内容は論文「集団安全保障と自衛隊―もう一つの改憲論」（『Ｖｏｉｃｅ』平成三〇年九月号）にまとめられ、のちに紹介する著書『三島由紀夫と最後に会った青年将校』にも分割収録されている。

すでに西村氏は弊会での講演後から三島との関係を文芸書の形式で刊行したいという意向を抱くようになっていた。そこで筆者は過去に並木書房が弊会編『「憂国忌」の四十年』

の刊行を引き受けてくれ、かつ、自衛隊関係者の著作を多く手がけていることから、「並木書房はいかがでしょうか」と申し上げたところ、「銀座に社屋があった頃、先代の奈須田敬社長とは懇意にしていましたよ」とのことであった。こうして平成三〇年の憂国忌終了後、星陵会館内のレストランにおける直会（懇親会）の席上、同社の奈須田若仁社長と引き合わせることになったのである。

なお、筆者はその一年前にあたる平成二九（二〇一七）年に西村氏を憂国忌に誘ったことがある。西村氏の答えは、「私は、特殊な三島先生との出会い、別れ、そして長く職場となった旧市ヶ谷総監部総監室に残る刀傷の跡を、毎日のように見て押し寄せた感慨から、皆様とともに憂国忌を分かち合うことができませんでした。今後もわがままを続けさせていただきますことをどうかお許しください」というものだった。しかしながら、さきの公開講座での講演に伴い、憂国忌発起人に名を連ねることを諒承していた。西村氏はこれを大変な名誉と受け止めており、直会でマイクの前に立った際には顔を綻ばせて自己紹介していた。

それから一週間後、多磨霊園で恒例の墓前奉告祭が催され、参列者の中には西村氏の姿もあった。三島の墓前に玉串を捧げて柏手を打つ西村氏の表情からは、何か一つの思いを果たしたような印象を受けた。霊園前の石材店に向けて戻る途中、「こちらに墓前にいらっしゃるのは初めてですか」とお尋ねしたところ、西村氏は黙って頷かれた。その日は例年よりも寒さが厳しい日であり、あえて言葉を発しなかったのだろうと当時は推察した。しかし、実際には三島に対する思いが万感胸に迫るものがあったのだろう。それから一年後、西村氏は幽界に旅立つことになるので、この日が三島の墓前に来た最初にして、最後となる。

『三島由紀夫と最後に会った青年将校』

西村氏は平成三〇年（二〇一八）の憂国忌終了後、本格的に著書執筆に取り組んでいく。筆者も電話やメールなどで事実関係の評価や各種資料、文章表現上のことなどの問い合わせを受け、時間の許すかぎり、お答えするようにした。西村氏との電話でのやり取りは深夜一時間以上に及ぶことも珍しくなく、著書にかける意気込みが感じられた。並木書房の奈須田社長も西村氏の望む形で書いてもらおうという編集方針で臨んだそうである。

令和元（二〇一九）年五月三一日、西村氏への瑞宝小綬章の受章が発表され、弊会からお祝いの花を自宅にお贈りした。後日、鄭重なる謝辞に加え、憂国忌までには著書刊行に漕ぎ着けたいという希望を述べていた。西村氏との間ではゲラの校正を引き受ける約束を交わしており、八月上旬に並木書房でゲラを受け取った時の感慨深さは忘れられない。個人的には名誉ある仕事をさせていただいたと思っている。

『三島由紀夫と最後に会った青年将校』（並木書房、令和元年）は昭和四三（一九六八）年七月、防大四年次の夏季訓練中に滝ヶ原分屯地で三島と出会ったことに始まり、昭和四五（一九七〇）年一〇月一八日の東銀座での会合に至るまでの二年間、計六回にわたる三島との出会いが述べられている。最後の一〇月一八日の会合は同志的関係にある初級幹部二名と共に東銀座の鍋料理屋で開催されたものであり、これが著書刊行の奮起になったものである。あの時、三島の真意は自分を決起に同行させることにあった、というのが西村氏の解釈であり、筆者に対しては、制服姿の自分がバルコニーで三島の横に立つ姿をたまに思い浮かべる、と漏らしていた。

本論部分は全八章で構成され、三島事件そのものへの分析、決起の真相の解明、三島の自衛隊二分論・憲法改正論への評価という三点に主眼が置かれている。裁判記録や関係者の証言などを踏まえ、三島がどのような決意で市ヶ谷へ向かったのか、その経緯を時系列的に整理したものである。その中で、著者ら初級幹部（青年将校）がどのような位置にいたのか、自らの手記や、同期生の証言なども踏まえて客観的にたどっている。これまで自衛隊関係者の著作は一部にあったものの、西村氏の記憶力や資料分析、当時の自衛隊内部や世相の捉え方は見事というほかにない。紙幅の都合上、ここで同書の価値を詳論することはできないが、筆者の注目した点を六点だけ述べておきたい。

第一は富士学校在校中、三島と接点のあった自衛官の一人である元陸上幕僚長・冨澤暉氏の証言である。冨澤氏は西村氏のヒアリングに対して、当時の三島が抱いていた治安出動のイメージは「非常に単純かつ初歩的な見立て」（一九頁）だったと証言しており、作家としての側面と異なる、もう一つの三島の姿が同書には描かれている。これに関連して、同書では昭和四〇年代の自衛隊において、治安出動に関する装備や訓練が不十分であったことが当時の西村氏の観察から述べられている。三島の認識と自衛隊の実情にどのような差異が生じていたのかを明らかにしている点で貴重な内容と言えるだろう。

第二は三島や楯の會に遊撃戦の指導を行った調査学校情報教育課長・山本舜勝（きよかつ）一佐（当時）への評価である。西村氏は当時の山本一佐が行った指導や教育が三島の情勢判断を誤らせる元凶になったとし、「マッチポンプの役割」（四一頁）を演じたと評する。その上で、三島の「反革命路線」と山本一佐の「長期民防（民間防衛）」路線の違いが明確になっていく過程や、山本氏の著作の問題点を明らかにしている。

第三は作家・中村彰彦氏の提示した「森田事件」という捉え方を批判し、事件が三島の主導によるものであることを指摘している点である。前述のように、西村氏は六回にわたって三島と会っており、そのうち、森田必勝が同席していたのは二回である。西村氏と森田が直接対話する場面はなかったが、昭和四五年六月には三島が自衛隊を見限って直接行動に走る決意を固めていたとする。西村氏は自らが接した三島の姿や肉声を忠実に再現しようと試みており、臨場感溢れる描写には目を奪われた。

第四は時代の雰囲気が当時の防大や幹部候補生学校の学生の様子に表れていることである。西村氏が昭和四五年八月執筆の書翰は、「自衛隊は何を守るのかね」と述べた三島の問いへの答えであり、防大生における国家観の不在を解決するためにも「軍民会合」の実現が必要であると訴えるものであった。この書翰は楯の會出身の幹部候補学校同期生を通じて、九月に手交されるものの、三島の賛同を得るには至らなかった。生前、西村氏は防大入学当時、国防意識や国家観を持った学生が周囲にほとんどいなかったことに驚いた、と述べていた。それだけに三島の言葉には惹かれるものがあったのである。

第五は当時の自衛官にとって、三島の考えすべてを理解するには難解な面のあったことを指摘している点である。昭和四三年一一月、防大で行われた講演が「防大生が理解するには難しすぎた」（二〇二頁）とあるように、三島の主張を咀嚼するには容易ではなかった。同様に昭和四五年の檄文についても、「幹部自衛官ないし上級陸曹を意識して書かれたものであり、どれだけ一般隊員を意識していたかは疑問が残る」（一九九頁）と評している。なお、西村氏は昭和四五年一二月、北富士駐屯地の所属中隊で二度にわたって「三島事件について」という精神教育を行っている。その際に陸士・陸曹から提出された感想文が第七章で引用されており、自衛官の間でも様々な見方のあったことが分かる。資料的にも貴重な内容である。

第六は安全保障政策に関する三島の認識の問題点である。三島は自衛隊を国土防衛軍、国連警察予備軍に分離する構想を有していたが、西村氏は、「航空兵力の一割しか国土防衛にあてず、あとは国連警察軍に提供してしまっては、八〇年代のソ連軍の直接侵略の脅威に対し航空優勢の確保は不可能である」とし、「三島の国土防衛軍構想はその魂は評価するが、中長期の情勢判断および作戦構想ならびに編成装備の考え方のすべてにわたり硬直していて評価できない」と結論付けている（二二七頁）。この点は米国での在外研究も経験した西村氏ならではの評価である。自衛隊の「国軍」化を理想とした三島の考えには賛同しつつ、同書では三島の問題点にも目を向けている点で公正な姿勢に立っている。

同書は令和元年一〇月二五日に晴れて刊行となり、西村氏はその挨拶のため、同年の第四九回憂国忌には登壇予定だった。しかしながら、直前の一一月一三日、都内の自宅で虚血性心筋梗塞により急逝され、七二歳の生涯を閉じた。のちに奈須田社長が語ったところによれば、本の執筆には気力を要するため、高齢の著者の中には自著の刊行直後に病気になったり、亡くなってしまう人は珍しくない、とのことであった。同年一二月一〇日、偕行社では「西村繁樹元防衛大学校教授を偲ぶ会」が開催され、弊会から筆者と玉川代表幹事が参列した。会場では前偕行社理事長・冨澤暉氏執筆の追悼記「西村繁樹君との50年」が資料の一つとして配布された。のちに同稿は『偕行』第八二八号（令和二年二月）に掲載され、現在、偕行社の公式サイトからも閲覧可能である。

なお、西村氏の後を追うような形で、三島事件当時に防衛庁長官であった中曽根康弘元首相が同年一一月二九日に一〇一歳で逝去した。西村氏は自衛官時代に世界平和研究所へ出向していたことから、中曽根元首相と近しい関係にあった。しかし、三島の行動は自衛隊にとって「迷惑」でしかなかった、と断言した中曽根元首相の態度には強い不満を持ち、著書執筆中、筆者に対しては「中曽根は個人的に知っているけど論外」と評していた。中曽根元首相の訃報に接したとき、何かの因果を感じてならなかった。

『三島由紀夫と最後に会った青年将校』は弊会でまとまった部数を買い取り、令和二（二〇二〇）年一月、並木書房にて関係者向けの発送準備作業が行われた。同書を手に取った会員の数名から感想のメールが寄せられたのは幸いであった。同月下旬、筆者は東京都台東区谷中の観音寺を訪ねた。西村氏との交友は三年に満たなかったが、赤穂浪士供養塔の近くに位置する墓碑に線香を供えつつ、生前のご指導への感謝を申し上げた次第である。

第四章

切腹と介錯

三島由紀夫研究会会員　居合道五段
首藤隆利

そもそも論だが、切腹とは何なのだろう。死刑なのだろうか。『薔薇刑』聖セバスティアヌスは矢で射貫かれて絶命するまでどれほどの時を要するのか？　火あぶりで薪に火が付きやがて炎で焼かれるまでどれほどの時を要するのか。想像しただけで死にそうになる。ギロチンは文化的であるという。同じく、電気椅子より絞首刑が文化的であるという。どちらも、最小限度の苦痛であるからという意味で文明的である。今日、日本の死刑制度では絞首刑が採用されている。

確かに、切腹が死刑であったことは事実だ。千利休は関白秀吉により切腹を命じられている。刃傷松之廊下、浅野内匠頭は即刻切腹。仇討ちを果たした四十七士も切腹。土佐勤王党の武市半平太も切腹させられている。江戸時代の切腹には刑罰的色彩が強い。

明治以降の切腹を考えてみよう。やはり乃木希典・静子夫人となる。明治天皇様への敬慕の念止み難く殉死された。乃木神社の御祭神。憂国忌の祭事は乃木神社様がご奉仕されている。乃木の神の三島精神に感応されての由縁である。

敗戦時大西滝治郎中将は腹を切った。十文字腹だった。介錯も延命処置も拒み、絶命するまで半日を要したという。阿南惟幾（あなみこれちか）陸軍大臣は腹を切った。

「一死以て大罪を謝し奉る　昭和二十年八月十四日夜　陸軍大臣　阿南惟幾　神州不滅を

確信しつつ」

将官で自決したもの、陸軍二六人海軍五人。

将官だけではない。皇居前には自決者が多数現れた。各戦地、各部隊でも一体どれだけの皇軍兵士が腹を切ったのか。統計数字はない。代々木練兵場では大東塾の十四烈士が集団割腹を遂げた。腹を切らずとも、玉音放送を拝したのち宇垣纏（まとめ）中将は将官旗を押し立てて特攻に及んだ。同行する彗星一一機。玉音を拝してのちの特攻は、まして若い搭乗員を引き連れての特攻は残念ではあるが、大楠公精神を余すことなく発露したものと偲ばれる。わが大叔父はこの時中学生で勤労動員にご奉公し滑走路の整備にあたっていた。将官旗を押し立てて出撃する宇垣特攻を帽振れの礼式で見送った。

敗戦を陛下にお詫びする。形は様々であるが大きな大義がそこにあった。

影山正治先生は自らの命を玉串に見立て、つまりお供え物として神に献じ、元号法制化を祈って割腹した。自裁ののち、元号は法制化された。三浦重周は寒風吹きすさぶ新潟港の埠頭で、沼山光洋氏も靖国神社への陛下の御親拝を祈って腹を切った。

切腹自裁には熱い祈りがある。熱祷という。自らの生命を捧げて祈る。まさに三島由紀夫、森田必勝の命を懸けた祈りだ。

名刀として名も高い関孫六兼元は介錯に使用する前に総監室にて自衛隊幹部の将校を八人斬っている。当時、現場にいた寺尾克美三佐の講演録によれば、初めに斬られたのは中村薫正二佐で、幕僚長室側入り口ドアを開けた時に手のひらを二つに裂かれた。血が天井まで飛んだので頸動脈は切られている。川邊晴夫二佐は額を二太刀斬られ、手で庇ったら腕を二太刀斬られ、その後に二太刀肩を斬られた。笠間寿一二曹は斬りつける刀を腕で受け、手首の外側を負傷した。ここまでは刀の切っ先で斬れる範囲なので刀が曲がることはないが、続いて剣道五段の業務室長・原一佐は木刀で立ち向かったが、木刀の先端3寸（約九センチ）程切り落とされた。

同時に笠間寿一二曹も斬られている。その後、捻じ伏せられても短刀を放さない森田の右腕を木刀で殴っているとき、三島由紀夫がこれに気付き森田さんを助けようとした時に、高橋清二佐が立ち向かったのだが鍔のない木刀だったため右手の親指が真ん中から切れた。続いて清野不二雄一佐は灰皿で防戦しながら後退していたが、躓いて尻餅をついた。このとき日本刀でつつかれ大腿部を斬られた。山崎将補もこの時斬られている。ここまでは木刀を切り落とす以外は切っ先で撫で斬りしていた。そして重要なのは三島由紀夫が「出ないと殺すぞ」と言いながら寺尾三佐の背中に三太刀斬りつけた。この寺尾三佐の傷は三〇、一三、一五、五、三センチであった。実際に命を落とすぐらいの傷だったが、なで斬りなので骨には達していない、よって、刀は曲がることはなかったと想定できる。

三島由紀夫の襲撃は致命傷を避けていた。格闘の後、バルコニーで演説して直ぐに切腹している。初めから切腹する予定で義挙したが、その前に冷静に将校たちと戦っていた。相手を刀で刺殺するには頭部か頸動脈を切る。剣道では面、小手、胴、突きの技しかないが、居合道では八〇以上の技があり全て致命傷の打撃を与える。頭部はもちろん、脇や脚の内側である動脈を切ったり、水月（みぞおち）を刺したりする。三島先生は剣道の達人だったので刀を使用しても相手との間合いがよく分かっていた。川邊晴夫二佐は額を二太刀斬られているが一歩間違えば頭部は真っ二つになり死に至る。背中を斬られた寺尾三佐の場合は頭部や肩を袈裟斬りされていない。

三島由紀夫は「うーん」という気合を入れ、「ヤァ」と裂帛の気合で、自身の左脇腹に短刀を突き立てた。そして鋭い短刀を腹に刺し込み、右へ向けて横一文字に引いた。と記録されている。一気に横一文字に刀を引くというのは江戸時代でも戦前でも記録は少ない。

幕末では武市半平太の三文字切腹が有名だ。介錯されないなら腹膜炎で長時間苦しんだのち息絶える。江戸中期から軽く腹に突き刺すか、扇を刀に見立てて腹を切る格好だけで介錯させ、苦しまないようにしていたのが事実だ。しかし、三島由紀夫は見事に一文字に腹を切った。牛込署捜査本部の検視では左から右へ一三センチも真一文字に切っていた。慶應義塾大学病院法医学解剖室・齊藤銀次郎教授の検視ではヘソを中心に右へ五・五センチ、左へ八・五センチの切創、つまり実際は一四センチの真一文字だ。深さ四センチ、腸が傷口から外へ飛び出していた。これは余程の精神力が必要で、そう簡単には出来ることではない。

その時に、介錯人に選ばれた森田は三島由紀夫の背後に立ち、刀を振り上げて、首を打ち落とす瞬間を待った。そして、内臓が床の上に溢れ出し、森田は二太刀打ち下ろしたがうまく斬れず、目的は果たせなかった。一般的な介錯の方法は切腹する前に介錯人は太刀を振り上げて右斜め三〇度の角度で切腹を待ち、この場合は横一文字に刀を引いたと同時に介錯するというのが正しいとされる。ところがこの時に想定できるのは、三島由紀夫は前のめりになったと考える。正座した状態で力を込めて切腹すると腹筋が切断されたのでは後ろに反り返ることはない。三浦重周の切腹した遺骸は、前のめりになり、そのままでは棺桶には納まらない状態だった。森田が介錯しようと思っても角度から考えると二〇度の傾きで介錯しなければならなかったと想定できる。居合道の達人であればどのような角度・方向でも真っ二つに切ることは可能だ。森田は柔道の有段者で体力はあった。しかし、刀は定規で精密に測ったように完全に刃筋が立つようにしなければ斬ることはできない。

関孫六兼元であってもそう簡単には「斬る」ということは出来ない。森田は刀に熟練していなかったこと、つまり介錯するタイミングが合わなかった。

森田は介錯を三回行っている。記録では「三島の頸部に二太刀を振り下ろしたが切断が半ばまでとなり、三島は静かに前の方に傾いた。」とある。外頸動脈は顎の下辺りで喉の左右にある。内頸動脈は首の中央の上の辺りにあるので二太刀とも総頸動脈、まして脊髄までは切っていなかったことになる。もし切っていれば心臓からの血液が噴き出てきて直ぐに絶命する。森田は三島由紀夫がまだ生きていると見た小賀と古賀から「森田さんもう一太刀」「とどめを」と言われて三回目の介錯を行った。前述したように三島由紀夫は前かがみになっており、切る角度は一〇度（垂直から傾いている角度）で腰を低くして少し前かがみで刀を振り下ろしたと思われる。検視報告では首の辺りに三か所、右肩に一か所あった。ということは、初めは総頚動脈や脊髄まで達しなかった？　間合いが分からなく肩を切ってしまったか？　前述の齊藤教授の執刀によれば、頚部は三回は切りかけており、七センチ、六センチ、四センチ、三センチの切り口があり、右肩に、刀がはずれたと見られる一一・五センチの切創、左顎下に小さな刃こぼれがあったと。

これはどの様に説明すればよいのか。考えられるのは七センチの切創は四回目に古賀が一刀にして介錯した切り口だ。残る一一・五センチ、六センチ、四センチ、三センチは森田が行った介錯で最初の一刀では刀が少しだけ曲がったのではないか。この為なのか警察の検分によると、介錯の衝撃で真中より先がS字形に曲がっていた。つまり、一つは間合い（斬る相手の位置と刀の切っ先が届く位置）が取れなくて浅く斬ってしまった。もしくは斬った位置が首ではなかった。この時に真っすぐ斬らなければならないが、初心者では抉る様に斬ってしまうために刀が中央から少し曲がってしまった、と解する。

第六回の公判記録によると、右肩の傷は初太刀であった。つまり横一文字に切腹して直ぐに介錯を行ったが、同時に三島由紀夫は少し前に屈んでしまった。これにより三島由紀夫の右肩に一一・五センチの切創ができた。この時に刀は少し曲がった状態になった可能性が高い。よって二回目もしくは三回目の介錯では二か所同時に切ってしまった。だから合計で四か所の切り口があったと思われる。そして介錯がうまくいかなかった森田は、「浩ちゃん頼む」と刀を渡して古賀が介錯することになった。介錯の方法は、「正面に向きて正座、右足を少しく前へ出しつつ、刀を静に上に抜き、刀尖が鞘と離るゝや右足を後ろへ引き、中腰となり、刀を右手の一手に支え、右肩上にて刀尖を下し、斜の形状とす、右足を再び前方に出し上体をやや前方に屈し刀を肩上より斜方向に真直に打下して、前の首を斬る。」（大江・堀田著『剣道手ほどき』より）とある。実践にて介錯する事などは無いので、古賀はこの様にして介錯した。三島由紀夫は前屈みだったと思われるが一五度の角度で振り下ろし頸動脈を切断して血が溢れて絶命して後、小賀が短刀で首の皮を胴体から切り離した。いずれにしても古賀の介錯は見事としか言いようがない。

森田必勝の場合は腹に一〇センチの浅い傷があったが出血はほとんどなく、首は一刀のもとに切られていた。船尾忠孝助教授執刀によれば、死因は頚部割創による切断離断、第三頚椎と第四頚椎の中間を一刀のもとに切り落としている。腹部のキズは左から右に水平、ヘソの左七センチに深さ四センチのキズ、そこから右へ五・四センチの浅い切創、ヘソの右五センチに切創。右肩に〇・五センチの小さなキズと報告されている。検視に立ち会った東京大学医学部講師（当時）・内藤道興氏は、森田さんの傷がかすり傷程度であったと述べているがこれは検視の時にそう感じたのだろう。深さが四センチありそこから右へ五・四センチの浅い切創、ヘソの右五センチに切創である。本来なら出血は必ずある。しかし切腹と同時に介錯した古賀さんが達人だったので、切腹したと同時に皮一枚残して介錯した。これにより血液は頸動脈からほとんど出てしまい、腹部からの出血が少なかったと解釈できる。森田の「まだまだ」「よし」という声を合図に古賀は大上段から打ち下ろしたと証言している。実に見事な武士としての切腹であり介錯だ。

居合術を習っていて疑問に思うのは、各流派共に初心者から「介錯」を習得することだ。居合道は「機先を制して斬る」ことが目的で、全ての技がそうなっているが、「介錯」だけは相手が敵ではない。武士というものは普段は平和であってもいざというときは戦わなければならない。吉田松陰の日記にも勉強が好きであったが週二回の剣術の稽古が辛いと記しているように、武士は勉強だけではなくて常に武道も修得しておかなければならなかった。そういった意味で万一の時のために他の技とは全く異なる「介錯」があった。また、「介錯」で大切なことは介錯される相手が切腹した時の間合い（時間と距離）、そして介錯した後の「残心」が重要である。

居合道は始めた頃は刀への憧れがあることからか、「斬る」ということに集中してしまう。目は血走るし、剣客になったような気持ちになる。段が上がっていくと同時に心と体が違うことに気づく。つまり心技一体の世界が見えてくる。その時は目が血走ることはなく冷静に刀さばきが出来るようになる。三島由紀夫先生、森田必勝さんを始め介錯した古賀さんは心技一体の世界の住人だ。

三島先生と森田さんの切腹と介錯に関して、居合道を視座に解説めいた文書を書きました。命を懸けた熱い祈り　改めて心に刻みたく思います。

第五章

憂国忌の五十年
——三島由紀夫事件前史、そして「以後」——

評論家・ジャーナリスト
宮崎正弘

令和二年の三月まで町田市文学館（ことばらんど）で開催された三島由紀夫展覧会を見に行った。町田市の或る団体の招きで講演に呼ばれた機会を利用した。

同展の最後のコーナーに三島由紀夫自身が書いた「檄」のオリジナルと、事件直前まで開催されていた東武デパートの「三島展」のカタログに交じって、最初の「三島由紀夫氏追悼の夕べ」の案内状が飾られていたので、たいそう驚いた。

この案内状、私が書いたのだ。三島事件から半世紀を閲して事件は風化し、実際に交遊のあった人も殆どいなくなり、案内状を配布した名簿も紛失している。だから、いったい誰が保管していたのだろうと思った。

昭和三〇年代後期から四〇年代初期にかけて日本はまだまだ左翼全盛の時代だった。

全学連や全共闘の大学自治会支配、暴力に反対して立ち上がったのは保守的な学生の集まり「日本学生同盟」だった。昭和四〇年に学費値上げに反対して慶應大学からストが始まり、早稲田に飛び火したストは半年以上も続いた。左翼学生の跳梁跋扈に反対して「学園正常化」の炬火（たいまつ）を掲げ、所謂「良識派」が初めて組織した学園正常化運動の延長で、まともな学生運動の必要性を認識していた早大雄弁会出身の小渕恵三、森喜朗、海部俊樹、玉沢徳一郎が支援してくれたこともある。それが反共、日の丸派学生運動の嚆矢となった。

昭和四一年一一月に憲政記念館で日本学生同盟が結成された。機関紙「日本学生新聞」の創刊は翌年二月だった。林房雄、三島由紀夫のほか小澤開作らが祝辞を寄せ、学者、文化人の日学同応援団には多くの保守系論客が加わった。就中、林房雄、三島由紀夫、村松剛、黛敏郎、岡潔、藤島泰輔の各氏が積極的だった。この人たちの無償の協力と祖国愛がなければ、民族派の学生運動は長くは続かなかっただろう。昭和四四年、東大安田講堂陥落、新宿騒乱のあと、左翼暴力は急速に下火となり、昭和四五年は過激組織「赤軍派」のよど号ハイジャック事件がおきて先細りとなって、より過激化・先鋭化していた。中核派と革マル派は内ゲバを繰り返して数百の若者が死んでいった。

この状況を、三島は革命前夜と認識していた。同年九月頃に発表された「革命の哲学としての陽明学」を読んで、筆者は「三島さんは、随分と遠いところへ行ってしまったなぁ」とため息がでたことを思い出す。

状況はすでに革命前夜でもなく、こうした環境で軍事クーデターなどあり得るシナリオではなかった。したがって三島由紀夫の諫死事件は、むしろ惰眠をむさぼる昭和元禄への「精神的クーデター」と解釈できる。

「三島、自衛隊乱入、切腹」という「三島事件」の報を聞いて、直後に追悼会の準備に入った。まっさきに相談したのは言うまでもなく林房雄、ついで黛敏郎、村松剛の三氏だった（当日、村松は香港にいたので、翌日連絡が取れた）。

追悼会の進行や予算など詰めの段階で積極的だったのは川内康範、藤島泰輔、北条誠の面々だった。発起人を依頼する段で保田與重郎、中河與一、佐伯彰一、五味康祐らがすぐに応じてくれた。ところが躊躇った人、拒否する人も多く、戦後の日本文壇がいかに左翼に汚染されているかの実態を同時に知らされた。

左顧右眄する学者、文化人の実態をみるような気がしたうえ左翼的なメディアの圧力も凄まじく、いったん引き受けた作家らに電話して「あんな右翼運動に加担するのか」と脅すのである。その代表格はいうまでもなく朝日新聞だった。

最初の追悼会は豊島公会堂に入りきれず中池袋公園に特設スタジオを作ったが、一万人以上の人並みで大混乱が起きた。マスコミ取材では朝日だけ入場を断った。日本中が沸き立って、まだ興奮が冷めてはいなかった。書店へ行けば、三島本の氾濫、週刊月刊誌も、特集号を出したが、売り切れが続く。

事件から三ヶ月を閲したところで、三島由紀夫研究会を発足させ、政治のみならず文学と精神を継承しようとする若者が全国から参集した。この研究会の中核メンバーは日本学生同盟だった。毎月一度の公開講座、春秋の墓参や時折のシンポジウムなどを開催、これが半世紀続くことになった。

一年後の命日に「憂国忌」を九段会館で開催した。驚いたことに武道館まで二万人の列ができた。以後、定例行事になって「憂国忌」は『歳時記』の季語としても定着し、知名度も頂戴した。憂国忌の発起人には川端康成、小林秀雄が引き受けるや、二百数十の著名人が名を連ねることとなった。

遠く米国にいたサイデンステッカー、アイバン・モリスらからもメッセージが届き、「白き菊、捧げまつらむ　憂国忌」（山岡荘八）の献句も戴いた。

憂国忌の舞台裏で大車輪のように輪郭を組み立て、あちこちに名刺を書いてくれたのは村松剛氏だった。初回追悼会にポンと百万円を寄付して呉れたのは堤清二氏だったが、それも村松の紹介だった。川内康範、藤島泰輔両氏も資金協力であちこち廻ってくれた。アンガウルの凄惨な戦闘の生き残りで三島に推薦文を書いて貰った大盛堂の船坂弘社長も舞台裏で出版社に名刺を書いてくれた。

それでも憂国忌の運営資金は学生団体にとって大変な負担だった。

ここで三島の親友だった村松剛の想い出。

卓越した文藝評論を数多く遺した村松作品の底流にあるのは詩の精神である。冷徹な批判の奥底にはつねに対象を見つめ観察する日本人の独特な審美観が横たわり、西洋の文学、哲学を論じながらも基盤にあって燃えさかるのは大和心なのだ。それは氏の代表作の一つでもある『西欧との対決』が代弁する。

村松剛氏と最初の出会いは昭和四二年正月。やはり三島由紀夫の紹介だった。

当時、高田老松町（現在の文京区目白台）にあった村松邸に同道したのは「日本学生新聞」初代編集長の持丸博（のちに「楯の會」初代学生長）と齋藤英俊（日学同委員長）との三人連れ。取っつきにくいインテリという印象を持っていたが、固くるしい雰囲気がまるでなく、初対面から長年の年下の友人に会うように気さくで。いきなり、「君たちは酒にしますか、ビールにしますか？」。

正月三日だったろうか、少し酔って、文学談義をした記憶はまったくない。私が発した愚かな質問は「『週刊朝日』で遠藤周作さんの交友録が連載されていますが、村松さんがステテコのまま都電に乗って周囲からじろじろみられて気がついた等と書いてありましたが本当ですか？　お隣の女優の村松英子さんの家はプールつきとか？」

「冗談に決まってるでしょ。玄関までズボンをはかずにでたことを遠藤は大袈裟に書いた。英子の家には小さな池しかありません」と笑った。

当時、次々と村松剛氏が世間に問うていた作品群はドゴール、ユダヤ人、ジャンヌ・ダルクなど。文藝評論から距離を置き始めた時期だった。アイヒマン裁判傍聴体験から中東問題に首を突っ込まれ、石油危機に前後して日本を代表する「中東ウォッチャー」という顔も併せ持った。

高校時代に文学青年だった筆者はいずれ文学論を聴けるとは思っていた。ところが出てくる話題は国際政治と紛争、そして世界史など、その該博な知識について行けなかった。

爾後、勉強会、講演会に無理をいって来ていただくこと数十回。晩年はふたりで台湾へ行く機会もあり、金門島へ向かおうとしたら濃霧で欠航。台北では蔣緯国に面会したり、それでも汽車の中で会話が途切れるとフランス語の原書をだして翻訳をされていた。飛行機の中でも（後に翻訳版になるラピエール&コリンズ『おおエルサレム！』、早川書房）。

「いったい先生の頭脳はあれだけ精密な歴史をどうやって覚えているのですか？」と質問すると、「関心のある分野に限り、頭の中に引き出しがあって自然と記憶していくものですよ」と仙人のような返事だった。

文学者としてポール・ボヴァリー、アンドレ・マルロオの研究が有名だが、じつは『死の日本文学史』という労作がある。中世からの日本人はいかなる死生観をえがいてきたかを日本文学の多くの古典にあたり、叙情詩のようにまとめた傑作だ。建武の中興を軸とする歴史批評『帝王後醍醐』も世に問われた。

村松剛が現代日本文学をまったく論じなくなったのは「三島以後、読むに値する作品が少なくなったから」と慨嘆まじりだった。

明治維新史に挑むとされ、木戸孝允を基軸にペリー来航から戊辰戦争、新政府樹立までの壮大な『醒めた炎』（中央公論社）には一〇年を費やされた。膨大な資料を読みこなされ、地方講演にでかけると暇を見つけて、幕末維新にゆかりの地を訪ね歩かれた。京の東寺にはご一緒した。

それゆえ私は日経新聞連載中、わくわくしながら読み続け、会うたびに感想を述べた。最終回を滞在していたシンガポールで読みおえ、感想を航空便に託した。

この本の出版記念会でも冒頭は氏の講演だった。浩瀚上下巻弐冊の単行本となって何回も読んだ。よくこれだけのことを調べられたと読む毎に感嘆するのである。文藝評論家というより村松剛氏の最後の日々は冷徹な歴史家だった。

親友だった三島由紀夫に関しては、自決からじつに一八年の歳月を経て『三島由紀夫の世界』を上梓された。


「みごとに散った桜花」と三島由紀夫の蹶起を称えた林房雄氏については別に詳細を書いたので、本稿では「以後」の文学運動に関しての記憶を辿る。

もともと林房雄氏が保田與重郎氏との対談の席で、「三島君の諫死のあと、よく考えたけど、残された私たちは、日本文学史を革新するような伝統復活の文学事業をおこしたい。ついては『日本浪曼派』を復活してはどうだろう?」との発言が切っ掛けとなって月刊誌『浪曼』が創刊される。

それまでに保守系のメディアには『21世紀』『全貌』、『國民新聞』などもあったが、、いずれもミニコミ紙、読者が限られていた。『自由』『正論』『諸君!』から現在の『W・iLL』『Hanada』『Voice』などが売れる時代環境はなかった。

保守の学生運動は下火になりつつあった。

林、保田の当初の目的は「第二次『日本浪曼派』」の復刊だった。伝統的日本文学の復興の旗を揚げようという強い意気込みがあった。

三島由紀夫の行動に衝撃を受けて、保守的な作家らが立ち上がったことになる。

文学史的に言えば、「日本浪曼派」の意識は保田與重郎が代表し、神保光太郎、亀井勝一郎、太宰治、伊東静雄、中河與一らが加わった。周辺には蓮田善明、三島由紀夫らがいた。戦前の日本の青年達を熱狂的に沸かせたが、実際に日本浪曼派が活動した期間は一九三五年から三八年までの三年間に過ぎない。それでも戦後になって橋川文三や杉浦明平ら左翼が批判を激しく展開したため文壇から追放されたかたちとなった。

三島事件の翌年二月に、三島由紀夫氏追悼会を奈良でも行うこととなり、保田氏の弟子筋が組織した。関西日学同のメンバーも多数応援に駆けつけた。挨拶がないと言って地元の右翼団体が会場に乗り込んできて妨害行為もあった。荒武者のような右翼が「お前らが本物なら腹を切ってみろ」と揚言すると、林房雄は悠然として「じゃ、あんたから先に」と答えた場面、いま思えば緊張感も吹き飛んでユーモラスでさえある。

前後してせっかくの機会だからと私が二人の対談を企画し、奈良ホテルの一室でビールを飲みながら、「飛鳥は近代だな」と林房雄節が冴え渡った。その日、保田氏の案内で、林氏は奈良から桜井、飛鳥などを見た印象だった。

保田氏は「日本浪曼派」は文学的使命を終えているとの認識に近く、復刊にあまり気乗りではなかった。だが、林房雄の熱意にほだされ、いつの間にか同人に檀一雄、中谷孝雄、浅野晃らが加わってきた。

最初は日本教文社が版元を引き受ける予定だった。ところが途中から構想が大きくなり、月刊の商業誌として大宣伝もするという方針になった。同人雑誌どころのレベルではなくなり市販もする。原稿料も払うという段取りが組まれ、編集スタッフが急遽集められた。

途中から私も「日本学生新聞」と掛け持ちで編集部スタッフとして呼ばれた。文学系作家との打ち合わせや企画に必要だからか卜早合点した。

株式会社となった「浪曼社」は白金のビルにワンフロアを構え、月刊誌の他に単行本も月に三冊ほど、そのうえ林房雄全集、檀一雄全集、田中忠雄全集も出すという気宇壮大な規模となっており、私はといえば時事問題を中心とする単行本の企画、編集という遊撃隊長のような役割を振られた。西川社長から頂いた名刺は「企画室長」だった。

すでに月刊の編集部には林房雄、檀一雄担当も決まっており、私が真っ先にやらされたのは賀屋興宣（元法務大臣）の回想録を担当せよという。当時、東京ヒルトンホテル（現在のザ・キャピトルホテル東急）にオフィスがあり、週二回ほど通いつめて秘書連中を交えた口述筆記、その読み合わせ、文章の直しなどを合議で進めるという時間のかかる仕事だった。進行が遅れがちになると、途中から「石原慎太郎も担当してくれ」となって、今度は議員会館と近くの東急ビルにあった石原氏の真革新倶楽部へ、これまた週二回ほど通うことになった。そうして慌ただしく時間と戦っている裡に上皇陛下とご学友だった藤島泰輔氏が『浪曼』の編集長として新しく加わる。

またまた担当分野が増え、毎月の藤島泰輔連載対談の企画、設定、録音、校正。そして台湾特集をやるというので加瀬英明氏と台湾取材へ、ある時は韓国取材という具合で、じつは会社へでて机に向かっている時間がない。浪曼社にいた最初の一年間、わたしは会社に出勤簿があることさえ知らなかった。昼前に議員会館に「出勤」し、夕方、いちど社に戻ると夜は作家たちとの飲み会、連日午前三時頃帰宅という滅茶苦茶な生活が続いた。

さて石原慎太郎担当が定着すると青嵐会の会合に出入りすることになり、ならば国民が知りたい「改憲のための血判の論理」とは何だろうかとして中川一郎、浜田幸一、森喜朗、三塚博、渡辺美智雄らにインタビューし、『青嵐会』という単行本を特急で編集した。青嵐会は明らかに三島由紀夫の改憲の精神を継承しようとした政策集団、別名中川一郎派だった。三島の精神的クーデター、命をかけての改憲の訴えは永田町の有志も動かした。

日本武士道の象徴である小野田寛郎少尉がフィリピンで出てきたとき、私はたまたま伊勢の皇學館大学にいて天皇論の取材をしていた。

その足で、和歌山から上京するという小野田少尉の両親が乗る新幹線に大阪駅で間に合って同乗し、車中で（米原付近でようやくテレビのカメラが去った）手記を書くように独断で父親の小野田凡二氏に頼んだ。社長とはまだ相談もしていなかったが、直感で、これは売れると思ったのだ。営業部は燃え上がって初版四万部という会社始まって以来の大量部数だった。

他方、看板の雑誌は期待したほどは売れず、文学全集も売れ行きは伸びず、時事問題でどれほどベストセラーを出そうが、社の赤字が累積していた。途中から藤島泰輔氏が青嵐会系候補として衆議院議員に立候補すると言いだし、以後、一年間は渋谷の邱永漢ビルに借りた選挙事務所に泊まり込みという仕儀となった。

いま振り返れば、慌ただしくも他律的要素に押し流され、肝腎の伝統的文学運動を目指した日本浪曼派復活という文学事業には何一つ役に立たないうちに社が倒産、一方、藤島は立候補辞退と変転流転目まぐるしく、気がつけば私は三〇歳になろうとしていた。

文学史的に言えば、『浪曼』は左翼が壟断していた日本の戦後文壇に衝撃を与えたという意識があった。

結局、保田與重郎氏とは酒を酌み交わし、京都太秦の保田邸に押しかけたこともあったけれども、文藝文化論を交わした記憶のないままに氏も林房雄氏も藤島氏も冥界へ旅立ってしまった。

日本学生同盟歌を弐曲つくってくれた川内康範も、講演会といえば奈良からステッキをついて出てきた岡潔も、熱情的に憂国忌を支えてくれた黛敏郎の各氏も不在となった。

その後の憂国忌にはパリから帰国した竹本忠雄、三島研究の第一人者である松本徹、佐藤秀明、井上隆史ら各氏の協力も得られるようになったものの、当時の雰囲気を知る若者らは高齢者となった。

しかし毎年、若い女性の参加が増えていることは将来の持続性を示唆しているようである。

第六章

憂国忌運動が生んだ国会議員・中西哲の証言

参議院議員
外務大臣政務官
中西　哲

中西哲（さとし）氏は昭和二六（一九五一）年、高知県に生まれ、中央大学法学部政治学科卒業後、高村正彦法律事務所勤務、水産会社役員、宿毛市議会議員、高知県議会議員を経て、平成二八（二〇一六）年に参議院議員比例代表で当選を果たしている。現在は参議院外交防衛委員会理事、自民党安全保障調査会幹事、自民党国防部会副部会長を歴任し、外務大臣政務官として活動中である。令和二（二〇二〇）年二月、参議院議員会館の事務所で行われたインタビューを紹介する。

日学同への参加、防衛問題との関わり

私の浪人時代に三島事件がありました。事件前の一一月一二日から一七日まで池袋東武で三島先生が写真展を開催しており、友人から「行かないか」と誘われましたが、当時は三島先生や楯の會への好感はありませんでした。ただし、森田必勝（早稲田大学）という

二五歳の若者がなぜ国のために腹を切ったのか、ということに強い衝撃を受けました。森田さんの発言や行動の記録を調べ、自分も日学同に参加したいという気持ちを抱き、翌年に中央大学に入学しました。私が政治の世界を志すことになるきっかけが日学同でした。当時、日学同は御茶ノ水で街宣活動をしており、大学一年次の秋には日学同に入会する意志を固めました。そして、一二月か一月頃、飯田橋の喫茶店で書記局長の矢島一広さんの面接を受けました。私たちの同期には三島事件に大きな衝撃を受けた人たちが多かったですね。

当時、中央大学では革マル派、中核派、ブント叛旗派の内ゲバが頻繁に繰り広げられていました。私は二年生の頃から中大国防部のビラ貼り活動も始めましたが、彼らと民族派の別のグループから目を付けられました。中大国防部の活動は勉強会が中心であり、一時は約二〇名いました。のちに自民党幹事長室長、事務部長を経て、事務局次長、さらに衆議院議員になる近江屋信広氏もメンバーでした。勉強会では林房雄著『緑の日本列島』などを読みました。

また、私が参加した当時の全日本学生国防会議は活動停止状態でした。初代議長だった森田必勝さんをはじめとして、楯の會への移籍者が多かったためです。議長は二代目が高柳光明さん（武蔵大学）、三代目が片瀬裕さん（国士舘大学）、四代目が松島一夫さん（國學院大學）でした。私は大学二年の終わり頃、松島さんの下で事務局長になり、三年生の時に五代目議長になりました。議長になった年に、日学同創設者である矢野潤さんから「独自に事務所を持つように」と言われました。アルバイトで資金を作り、中目黒に事務所を設けました。その時の日学同委員長が三浦重周さん（早稲田大学）でした。私と高柳さんの二人三脚で運動を進め、二年生から所属していた少林寺拳法部の中でも日学同を応援してもらうための仲間を増やしました。

大学卒業直前に少林寺拳法部の先輩から司法試験受験を誘われました。少林寺拳法部の監督だった高村正彦先生（後の大臣、自民党副総裁）の法律事務所に司法試験合格を目指す四、五名のグループがあり、そこに入ることにしました。もともと私の叔父が名古屋で弁護士をしており、中央大学に入学したのは弁護士を経て、政界に進もうと考えていたからでした。しかし、二八歳で司法試験突破は諦めて三六歳の時に高知県宿毛市に戻り、四三歳までは地元の子どもたちに空手を教えながら、家業であるハマチや鯛の養殖をして過ごしました。

平成七（一九九五）年、四三歳の時に宿毛市議会議員選挙に立候補したのは周囲の勧めによるものでしたが、実のところ、地方政治に興味はありませんでした。真の関心は憲法改正、自衛隊の国軍化という二点であり、米国に対しては中立的な立場をとりつつ、日本は独立した防衛体制を確立すべきだという思いが強くありました。市議会議員になって三年八ヵ月後になると、やはり同僚市議からの勧めで県議会議員に立候補することにし、四期（一六年）務めました。

本来、地方政治は防衛と関係を有することはありませんが、地元である宿毛は軍港のあった場所です。宿毛湾に自衛隊基地を誘致しようという運動があり、県議会議員時代には一生懸命取り組みました。

平成二二（二〇一〇）年、それまで香川県善通寺市にいた陸上自衛隊第五〇普通科連隊が高知県香南市に駐屯地を移転することになった際、自衛隊の高知地方協力本部長から高知県議会に対して防衛議員連盟を設立してほしいという要望がありました。平成二五（二〇一三）年に私が発起人代表になる形で高知県議会防衛議員連盟が発足し、そこから自衛隊との関わりが始まりました。防衛問題についての勉強会を毎年重ねていき、高知県下の市町村議員も加わって高知県防衛議員連盟を私が発足させました。県全域の連合組織は全国初のことであり、私の着想が出発点です。さらに、近年では四国四県議会の防衛議員連盟にまで発展しました。

国政出馬のきっかけ、政治家としてのテーマ

県議引退を考えていた平成二七（二〇一五）年、参議院議員になるチャンスが訪れました。この年五月、高知県の地方区からは私が立候補することが自民党高知県連大会で決まりました。ところが、七月になって高知県と徳島県が合区になり、地方区での立候補者は中西祐介氏とし、私は全国区に回ることになりました。十分な選挙支援が期待できないことから一度は出馬を諦めましたが、高知県議会は四月に改選を迎えたばかりで代わりの候補者もいなかったので、同年一〇月二〇日に再度出馬の意志を固めました。有力な支持団体もなく、翌年は雲を掴むような気持ちでの選挙戦でしたが、三九万二千票を獲得し、自民党内では四位で当選を果たしました。

私は憲法第九条の改正を政策の優先順位に掲げ、選挙を戦いました。自民党の立候補者のうち、公約の中で憲法改正を掲げたのは私と山谷えり子先生だけでした。選挙直前、自民党副総裁（当時）の高村正彦先生は私を比例名簿のトップにしてくれましたので、目立

ちやすかったのかもしれません。北海道から沖縄に至るまで全国津々浦々から票をいただき、各地で三島由紀夫研究会の会員や全国の大学少林寺拳法部の仲間が応援してくれました。

私は一〇年以上前にブログを始めましたが、戦争の歴史について書くと二〇万から三〇万のアクセスがあります。のちに分析したところ、ブログへのアクセス数が得票に影響したようです。憲法改正や自衛隊国軍化の主張が多くの賛同を集めたのだと思っており、この二つは今でも政治家としてのテーマに据えています。

日本の安全保障環境について

現行憲法は日本に再び軍隊を持たせないよう、日本国民に防衛問題について考えさせないように、というＧＨＱの意思で制定されたものです。その背景にあったのはペリリュー島、硫黄島、沖縄での戦いだと思います。

昭和一九（一九四四）年九月から始まったペリリュー島の戦いでは約一万人の水戸第二連隊のほとんどが戦死しました。米軍は日本軍の四倍から五倍に相当する兵力を擁し、空爆や艦砲射撃の後で上陸しました。四日程度で攻略できると思っていましたが、実際の戦いは一ヵ月半に及びました。日本軍は壕に退避して兵力を温存し、米軍上陸後に反攻に転じ、約一万人を死傷させました。米軍人の一人はのちの著書で、ペリリュー島の日本軍は援軍も来ない中、最後の一兵まで戦ったことに触れ、日本民族への驚きを記しています。ヨーロッパの戦場であれば、兵力が半減すれば部隊は全滅判定されるので白旗を揚げて降伏するのが常識ですが、日本人はあのような絶望的状況下にあって最後の一兵まで戦い抜いたことは到底理解できなかったのでしょう。続いて、米軍は硫黄島の戦いで日本軍守備隊を上回る二万六千名の戦死傷者を出し、沖縄戦でも日本軍の激しい抵抗に直面しました。だからこそ、米国は日本に対して、二度と軍隊を持たせないような憲法を制定させたわけです。

しかも朝鮮戦争休戦以降、日本が米ソ冷戦の中で置かれた位置にも問題があります。米国はアジアの共産化を防ぐために在日米軍を駐留させ、それと引き換えに、日本が独自の防衛を考える機会を失ったことが憲法改正論議の深まりを妨げる根本原因になっています。そもそも日本は国際連合に加盟した際、個別的自衛権と並んで集団的自衛権が加盟国に認められているにもかかわらず、集団的自衛権の行使を留保するという取り決めをしてしまいました。これは憲法制定時の米占領軍の思惑に加え、歴代政権を担ってきた自民党政治家の思惑もありました。米国に守ってもらえるならば、日本は経済発展だけに専念すればいいという考えです。私はこの考えはまちがっていなかったと思います。

今の自民党の中を見ると、親中派の議員が圧倒的に多いのは嘆かわしいことです。私は参議院外交防衛委員会で、東シナ海と南シナ海を守るのは日本のシーレーンを守ることであり、台湾との友好関係を維持しながら、東シナ海と南シナ海における航行の安全を守らなければいけないという趣旨の質問をしました。すると海上自衛隊のＯＢから「そんな質問できますか」という話がありました。それほど私のような親台湾の議員は少数です。最近、安倍晋三前総理は東日本大震災に対する支援への感謝として「台湾」という言葉を使ったのは異例のことです。「台湾」という言葉を使うことが憚られているのが現状です。

私は朝鮮半島が南北統一により反日になろうとも関係ないと思っています。また、中国を敵視する必要はなく、程々に付き合えばいいと思っています。私は平成三〇（二〇一八）年一二月に韓国海軍によるレーダー照射事件が起きた時、多くの人たちに次のように言いました。すなわち、明治二七（一八九四）年の日清戦争、明治三七（一九〇四）年の日露戦争、昭和六（一九三一）年の満洲事変はすべてソビエト・ロシアの南下により日本が呑み込まれるのではないか、という危機により生じたものです。朝鮮半島や中国東北部を緩衝地帯として、しっかりした独立国になってほしいという思いが日本にあったものの、成就せず、韓国併合や満洲国建国に至りました。石原莞爾も満洲事変はロシアの南下に対する自衛のためだったと述べています。中国と朝鮮にとっては迷惑だったかもわかりませんが、日本の政治家と軍人は日本の独立を保つためにはそれが必要だと考えていたのです。今の戦争はミサイルが主流であり、国境線が北緯三十八度線であろうと対馬海峡であろうと、日本には関係ありません。したがって、日本にとっては朝鮮半島と中国は距離をもって付き合えばいいと思います。中国やロシアとは海を隔てているので、国境線は動かしようがありません。こうした話を今でも公然としています。

憲法改正論議の在り方と日本の安全保障について

憲法第九条の改正は極めて難しいものです。第九六条の規定する改正手続きによれば、衆参各院の総議員三分の二以上の賛成が必要であり、その上、国民投票で過半数の賛成が必要です。しかし、自民党単独で三分の二以上の議席が確保できないので、公明党と連立を組んでいます。一昨年、自民党の憲法改正推進本部で党としての素案を作ろうとした際、本部長の細田博之先生は一回だけで議論を閉じようとしました。素案では第九条二項は改正せず、自衛隊を明記するという内容でした。すでに当時安倍総理は平成二九（二〇一七）年の憲法記念日で、第九条二項をそのままにした上で自衛隊の存在を憲法に明記するという考えを突然表明しました。公明党を憲法改正論議に引き込むためには、公明党が要求するように第九条二項はそのままにせざるを得ないと判断したためでしょう。

私と石破茂先生は自民党の憲法改正推進本部の会合において、第九条二項をそのままにしておいたら自衛隊は警察と同様に単なる行政機関になってしまうので、素案の受け入れは無理だと主張しました。軍隊は行政機関の外にある組織であり、そのためにも第九条二項を残してはいけないからです。自民党が野党時代の平成二四(二〇一二)年に作成した「日本国憲法改正草案」では「国防軍」創設を明記している以上、そこに立ち戻って議論すべきではないか、と強力に主張しました。私は四回開催された会合の中では、現在の自衛隊が六隻のイージス艦と二百機のＦ15戦闘機を保有し、米軍以外にこれほどの規模を有する軍隊は他になく、現在の自衛隊を「戦力」と捉えないのはおかしいと指摘しました。

そもそも自民党は昭和三四（一九五九）年の砂川事件最高裁判決以来、自衛隊は「戦力」

に該当しないので合憲という解釈を支持してきました。勿論、党内には今さら自衛隊合憲論を変更できないという声もありましたが、私はそうしたごまかしはもうやめるべきだと主張しました。かなりの出席議員が私の考えに賛同してくれたように思います。自民党の過半数の国会議員は第九条二項を残すべきでないと考えているはずですが、現状では衆参各院の総議員三分の二以上による改正の発議はできません。

私はよく自衛隊ＯＢの方々と話しますが、二つの意見があります。一つは中途半端な改正はやめてほしいという意見です。二つ目は第九条二項が残っても、自衛隊を憲法に明記してほしいという意見であり、自衛官出身の佐藤正久参議院議員がその立場です。私は後者のような意見があるのも無理はないと思いますし、これが今の主流になったわけです。私は政党人として「それはいけない」といつまでも主張し続けるべきではないと思っています。いったん憲法に自衛隊を明記しても、次の機会に第九条二項の削除を目指せばいいからです。

また、憲法改正以外でも日本の国防に関しては色々なことができます。日米地位協定に基づき、米軍は好きな時、好きな場所で訓練をしたり、空いている港湾施設も利用できます。十数年前、日米地位協定見直しのための勉強会をやろうとしたところ、どこからか圧力がかかり、できなかったと聞いています。私は日米地位協定の見直しは早急にすべきだと思います。

現在、トランプ大統領は日本に対して、自国防衛のために積極的な予算措置を講ずることを求めています。トランプ政権は機動展開部隊をのぞき、海外に駐留する米軍をできるだけ米本土に戻そうとしており、こうした動きは日本からすれば、いいチャンスです。憲法第九条二項がある限り、様々な制約はありますが、自衛官が危険を回避するための法改正は現状でも可能だと思います。その典型例が今回の海上自衛隊護衛艦の中東派遣です。日本向けの石油タンカーの八七％（二〇一七年度実績）がホルムズ海峡を通過する以上、自衛隊派遣は日本の国益にかないます。私や中谷元先生はなるべく海上警備行動が発令しやすい状態で自衛隊を送り出したと思っています。

憲法改正には時間がかかります。しかし、少なくとも自衛隊が正当防衛、緊急避難以外は何もできない状況からは一歩も二歩も踏み込めることができるはずです。それを精一杯やることが私の使命だと思っています。三島由紀夫は檄文で、「法理論的には、自衛隊は違憲であることは明白であり、国の根本問題である防衛が、御都合主義の法的解釈によってごまかされ、軍の名を用ひない軍として、日本人の魂の腐敗、道義の頽廃の根本原因をなして来てゐるのを見た。もつとも名誉を重んずべき軍が、もつとも悪質の欺瞞の下に放置されて来たのである」と述べており、私もその通りだと思います。さきほど述べたように、自民党の歴代の先輩方は野党が強かった時代、憲法改正を発議できない中で自衛隊をいかにして拡張できるかという問題に取り組んできました。そうした努力により日本の平和は守られています。しかし、現状に安穏としているようではいけません。

私が国会議員になって驚いたことは、自民党の中ですら、この国をどう守るかという防衛論議をする議員が少数派であることです。平成二八（二〇一六）年八月、北朝鮮から秋田県沖のＥＥＺ（排他的経済水域）内にミサイルが撃ち込まれました。私は党の会合で防衛省の担当者に対して、「どこからの情報であり、いつ撃ち込まれたのか」を質問したものの、防衛機密であることを理由に答えてくれませんでした。しばらくして再び同じ質問をしたところ、米国から提供された情報であることや、撃ち込まれた時刻を私に答えてくれました。このように自分の国にミサイルを撃ち込まれても、自国で情報を収集するシステムもなく、反撃もできないのが今の日本です。私はミサイル発射前の段階でも発射台を攻撃できる体制を構築すべきだと発言したところ、自民党議員から「自民党でそんな議論をしていると野党に分かったら、えらいことになるから、そういう議論はすべきでない」

という声があり、それに対する拍手が起きました。その時は唖然としました。ブーストフェーズ（上昇時）で撃ち落とすのは良いけれども、ゼロフェーズ（発射台にある）で落とすのは違憲だとの解釈は成り立ちません。

ところが、平成二九（二〇一七）年三月、北朝鮮から四発のミサイルが発射され、三発が秋田県沖のＥＥＺに着弾しました。すると、前年に私に対して反論した議員たちが敵基地を攻撃すべきだと主張しました。国会議員の意識はその程度でした。ちなみに私は防衛省の担当者に対して、自衛隊に敵基地を探知する能力と攻撃能力があるのか尋ねたところ、「ありません」という答えでした。これが現実です。

憲法第九条の改正をめぐる論議は敵基地攻撃能力の保有をめぐる論議と似ています。北朝鮮によるミサイル発射が続けば憲法改正論議も高まります。しかし、私は北朝鮮を過大視すべきでないと思います。北朝鮮は米国の援助を引き出すためにミサイル発射をしているだけです。もしも日本にミサイルを撃ち込めば、自国が崩壊することを理解しています。

当面、自民党は第九条二項を維持したまま自衛隊を明記することに加え、緊急事態条項、教育無償化、合区解消の四項目を柱にして憲法改正論議に取り組みます。しかし、野党が応じないため、議論の場すら開かれていません。しかし、国民の側から憲法改正の運動が高まっていけば、必ず第九条二項はそのままでいいのか、という声も出て来るはずです。日本を取り巻く安全保障環境は劇的に変わりつつあり、その中で日本人の意識にも変化が求められるはずです。

そもそも在日米軍は米国を守るために必要なものです。トランプ大統領は日本に対して駐留経費の負担増を求めていますが、日本の負担額は世界でも断トツです。これ以上、負担額を増やせば、在日米軍は日本の傭兵になってしまいます。私は防衛省に対して、むしろ在日米軍を縮小すべきだと言っています。中国は一昨年一一月、最新鋭ＳＬＢＭ（潜水艦発射弾道ミサイル）「ＪＬ３」の発射実験に成功しました。防衛省も射程一万二千キロぐらいはあると認めています。開発から配備までは数年かかりますが、実際に配備されれば、南シナ海からワシントンを攻撃圏内に置くことができます。南シナ海の海南島の三亜には中国海軍の潜水艦基地があり、戦略型の晋級潜水艦が配備されております。米国は中国のミサイル開発を阻止できなくても、南シナ海での潜水の活動を牽制（けんせい）することはできるため、「航行の自由」作戦を行っています。こうした中国の脅威を抑えるためにも、米国にとって在日米軍は必要なのです。日米安保条約は米国が一方的に日本を守るという片務的契約ではないことを日本国民に知ってもらいたいです。

（聞き手　菅谷誠一郎）

第七章

憂国忌の今後

三島由紀夫研究会事務局長　評論家
菅谷誠一郎

はじめに

「十年ひと昔」という言葉がある。『「憂国忌」の四十年——三島由紀夫氏追悼の記録と証言——』（並木書房、平成二二年）の刊行から一〇年が経った。同書は憂国忌四〇周年という節目にあたり、弊会の前身である日本学生同盟の軌跡にまで遡り、関係者の証言や各種の記録をもとに編集したものである。筆者も分担執筆や校正作業に関わった一人であり、今回、憂国忌と弊会の歴史をまとめる書籍が新たに刊行されることに感慨深さを感じる。

振り返ると、筆者が憂国忌に初めて出席したのは大学在学中の平成一〇（一九九八）年のことである。同年暮れ、かねてより知遇を得ていた藤井厳喜氏の勉強会で、憂国忌代表世話人・宮崎正弘氏、三島由紀夫研究会事務局長・三浦重周氏と出会い、翌年から公開講座に参加するようになった。やがて受付や案内状発送などを補佐していた女性陣と一緒に、筆者も事務局運営の一端に参画することになった。そして、平成一七（二〇〇五）年一二月、三浦氏（生前は三浦代表と呼称していた）の急逝に伴い、私が後任の事務局長になった。以上の経緯は旧稿「三島由紀夫研究会の現在」（前掲『「憂国忌」の四十年』収録）に記したとおりである。

筆者が三浦氏の下で過ごした時間は一〇年に満たなかったが、その包容力のある人柄は多くの人々を惹き付けた。個人の名誉や実益を求めず、憂国忌の運営に尽くした生き方は現在の弊会幹事会にも継承されている。のちにジャーナリスト・山平重樹氏が多くの関係者に取材の上で、『決死勤皇　生涯志士―三浦重周伝』（並木書房、平成二七年）を没後一〇年の年に刊行したことは喜びの至りであった。

三浦氏が事務局長として運営の指揮をとった最後の憂国忌が平成一七年の第三五回憂国忌（九段会館）であった。企画・運営のために数回の準備会合が開催され、筆者もそのほとんどに同席していたように思う。その会合の一つで、三浦氏が、「金のある者は金を出せ。知恵のある者は知恵を出せ。何もない者は汗をかけ」という格言を引用し、「自分たちの代で憂国忌を終わらせることがあってはならない」と強い口調で述べていた姿を鮮明に覚えている。すでに憂国忌実行委員会の中でも定年退職や古希を迎えていく人たちが目立ち始めているが、世代を超えて憂国忌運動を続けていこうとする精神に変わりはない。ただし、ここ一〇年のうちに物故した発起人や実行委員会関係者は少なくない。本稿では筆者自身のゆかりがあった人々のことも述べつつ、新しい時代における憂国忌の展望を述べることにしたい。

平成最後の憂国忌―後藤修一、井上正幹事の死を乗り越えて―

周知のように、平成二八（二〇一六）年八月八日、国民向けのビデオメッセージという形により、当時の天皇陛下（現・上皇陛下）により譲位の御意向が表明された。これを機にして同年一一月には首相の私的諮問機関として有識者会議が設置され、平成二九（二〇一七）年六月の「天皇の退位等に関する皇室典範特例法」成立を経て、同年十二月には政令により平成三一（二〇一九）年四月三〇日を「退位」の日とすることが閣議決定された。その結果、平成三〇（二〇一八）年の第四八回憂国忌が平成時代における最後の憂国忌になった。この年、弊会では幹事であった後藤修一氏、井上正氏が相次いで逝去しており、実行委員会一同は両氏不在の悲しみを乗り越える意気込みで運営に臨んだ。

後藤氏は昭和二七（一九五二）年、横浜に生まれ、高校在学中には三島由紀夫が浪曼劇場により上演した戯曲「わが友ヒットラー」の歴史考証に協力している。日本学生同盟の高校生組織である全国高校生協議会で事務局長を務め、昭和五二（一九七七）年に玉川大学文学部外国語学科卒業後、重遠社国際局長となっている。ドイツ語に堪能であり、ナチス政権時代を中心としたドイツ近現代史についての該博な知識は有名であった。ジャン・ド・ラガルド（石井元章監訳）『第2次大戦ドイツ軍装ガイド』（並木書房、平成二〇年）の邦訳や、水木しげる『劇画ヒットラー』の原作協力など、この分野で多くの業績があった。

筆者が後藤氏と面識を得たのは三浦事務局長時代であるが、最初に会ったのがいつだったか、正確には思い出せない。まだ学生であった筆者が憂国忌で司会を務めることになった際、外国人登壇者の氏名の正確な発音を教えていただくなど、さりげない気配りができる人だった。幹事会や憂国忌実行委員会などの温和な立ち居振る舞いに徹し、難しい議題があっても、後藤氏の言葉によって場の雰囲気が和むこともあった。メールの文末に絵文字を挿入するなど、ユーモアに富んだ人柄であったことが思い起こされる。

今にして思うと、弊会以外の場所で若い世代の方たちと交友する機会があったからこそ、そうした所作を平素から心がけていらっしゃったのであろう。また、酒席で気分がよくなると、川内康範氏作詞による日本学生同盟歌を歌い始めるのが常であり、後藤氏の興に乗った姿を見るたびに、私たち一同、心が和まされるものがあった。毎年、後藤氏は憂国忌で音響担当を務めていた。開場前のリハーサルで演壇から合図を送ると、音響室から後藤氏が笑顔で手を挙げていた姿が目に浮かぶ。

歴史だけでなく、音楽やアニメなど、多彩な趣味を持っていたが、数年前より体調が思わしくなく、外出にも難渋する状態であった。このため、多くの関係者にとっては平成二九（二〇一七）年の憂国忌が後藤氏と同席した最後の機会になった。平成三〇年七月一九日、心不全により横浜の自宅で逝去。享年六六歳だった。

同月末、久保山斎場で荼毘に付された際は、弊会関係者約三〇名を含む二〇〇名以上の参列者があった。弊会の比留間誠司幹事は読経の終わりに、「後藤君、君は本当の日本人だった」という言葉を付け加えた。ドイツ近現代史研究を通じて、戦後の日本が忘れた民族としての伝統や、国を守る軍人への敬愛の精神を固く守り続けた後藤氏を形容する上で、最もふさわしい言葉であった。

筆者にとって、井上氏との出会いも三浦事務局長時代に遡る。井上氏は中央大学経済学部在学中から日本学生同盟の活動に参加し、後藤氏と同じく、社会人になってからも憂国忌運動への気概を持ち続けていた。東京都税務職員の傍らで、重遠社総務を務め、公開講座から墓前奉告祭に至るまで、広く弊会の運営に寄与した。平成一七年に三浦氏が急逝後、弊会では三浦重周遺稿集刊行委員会を組織し、論文随筆をはじめとする資料の整理にあたった。その内容は『国家の干城、民族の堡塁』、『白骨を秋霜に曝すを恐れず』（いずれもK&Kプレス。平成一八、一九年）として刊行されたが、そのゲラの校正作業は赤坂プリンスホテルで井上氏らが一晩かけて行ったものである。井上氏は重遠社機関紙『新民族主義』の編集に携わっていた経験があり、井上氏の協力がなければ上記の遺稿集刊行はかなわなかった。平成一八年四月、弊会では東京からバスを貸し切り、一泊二日の日程で三浦氏の生誕と終焉の地である新潟を訪問した。横殴りの雨と風が吹き荒れる新潟埠頭で記念撮影をしたが、その前列中央で遺影を抱えていたのが井上氏であった。平成二七（二〇一五）年七月に開催された「決死勤皇　生涯志士の人　三浦重周を語るシンポジウム」では、前掲『白骨を秋霜に曝すを恐れず』の巻頭論文「世界新秩序建設＝大日本主義へ」（平成六年）について、井上氏から詳細な解説があり、改めて生前における両氏の紐帯がどれほどのものであったのかを感じさせた。

井上氏が肝臓癌の治療で入院中であることは平成三〇年八月には幹事一同に知らされており、筆者も一〇月上旬に立川市内の病院を見舞った。病室に滞在した時間は僅かだったが、病室を後にする際、ベッドから上半身を起こし、筆者の顔を焼き付けるように見ていた姿が記憶に残っている。憂国忌までには活動に復帰したい希望を漏らしていたが、一一月一六日、治療の甲斐なく、不帰の客となってしまった。享年六三歳であった。井上氏は酒席も含め、あまり饒舌な方ではなく、体調のことなどは詳細に語らなかったが、弊会のために多くのものを遺していただいた。逝去後、ある女性会員からは井上氏の思い出として、「政治は中道が肝心であると三島さんが作品の中で書いている」と語っていたことや、その温厚な人柄を偲ぶメールが他の幹事あてに送られてきた。時勢に惑わされず、中道・中庸を求める姿勢は井上氏の生き方、それに憂国忌の在り方にも当てはまるものである。なお、平成最後の憂国忌を振り返る上で、合わせて思い起こされるのが楯の會一期生であった武井宗行氏のことである。

武井氏は昭和四三（一九六八）年三月、早稲田大学国防部の一員として三島由紀夫の自衛隊体験入隊（滝ヶ原分屯地）に一ヶ月間同行し、同年一〇月の楯の會結成に参画している。弊会主催のシンポジウムや憂国忌でも登壇し、三島との交流について証言していただいているが、平成三〇（二〇一八）年四月、筆者は新宿駅近くの喫茶店で一時間ほど、武井氏から三島や楯の會関連の話を聞く機会があった。早稲田大学政治経済学部卒業後、長年にわたって大手製紙メーカーで商社マン生活を送り、運輸部門で役員まで務めただけあり、武井氏の噛み砕くような口調は含蓄に富んでいた。三島の肉体的コンプレックスを強調する先行研究があることへの所見を求めたところ、「コンプレックスという言い方が非常に短絡的な物の見方のような気がします。人間、誰だってね、顔の造作や背の高さなど、コンプレックス持ってるんだし。それがああいう行動（三島事件）の根源だっていう見方は解せないね」と述べている。三島と間近な距離にありし、かつ、実業界で多くの人材に接してきた経験があってこそ、導き出せる評価である。

第四八回憂国忌のテーマは三島の遺作『豊饒の海』の第一巻『春の雪』であり、シンポジウム進行中、筆者はステージの袖に控えていた。楯の會出身者による追悼行事を終えた武井氏が途中から二階席に入るのが見えた。堂々たる体軀に黒の礼服にまとい、深く腰掛けて正面を向く武井氏の姿は古武士然としていた。どこかのタイミングでご挨拶申し上げようと思っていたが、かなわず、これが生前の武井氏の姿を見かけた最後になった。

令和元（二〇一九）年七月一八日、武井氏は平成の時代の終わりに合わせるかのように逝去された。享年七〇歳であり、その年春に胃癌が発見されたときには全身に転移していたという。訃報に接した際には、こんなに早くお別れの日が来るとは思わず、強い脱力感に襲われた。同月二一日、南青山の梅窓院で執行された通夜には筆者のほか、玉川博己、比留間誠司、宮崎正弘、山本之聞、杉浦利重、高柳光明、片瀬裕の七氏が参列した。梅窓院近くの居酒屋で盃を傾けつつ、武井氏の思い出を語った。憂国忌小冊子に掲載されている三島の檄文には「武士」という言葉が数箇所登場する。筆者はその言葉を目にする度に、憂国忌会場で見た古武士然たる武井氏の姿を思い出すのである。

令和最初の憂国忌―日本を真姿に戻すために―

平成三一（二〇一九）年四月三〇日、天皇陛下の御譲位が実現し、五月一日より令和の時代を迎えた。明治以来、わが国は一世一元の制を採用してきただけに、この御譲位をめぐっては有識者の間でも闊達な議論が繰り広げられたことは記憶に新しい。また、政府によって元号の事前公表が行われたことについても、その是非が話題になった。

こうしたことから、令和最初の第四九回憂国忌は「三島由紀夫の天皇論」をシンポジウムのテーマとすることや、同時に、若い世代の登壇者を増やすことが早くから案として有力視されていた。玉川代表幹事からシンポジウムの司会を要請された際、筆者は「もっとベテランがいいのではないでしょうか」と述べ、辞退申し上げた。しかし、例年のシンポジウムとは違う趣にしたいという企画趣旨により、司会をさせていただくことになった。

ちょうど筆者にとっては三〇代最後にあたる年であった。

パネリストに選ばれたのは『三島由紀夫と神格天皇』（勉誠出版、平成二四年）、『三島由紀夫の国体思想と魂魄』（勉誠出版、平成三〇年）の著者である藤野博氏、里見日本文化学研究所所長・金子宗德氏、展転社代表取締役・荒岩宏奨（ひろまさ）氏の三者であり、このうち、金子氏と荒岩氏は筆者とそれほど年齢差がない間柄であった。このため、憂国忌五日前、玉川氏の配慮により新宿の寿司店で開かれた打ち合わせの席では肩肘を張らずに語り合うことができた。最年長者の藤野氏は北海道で三〇年以上にわたって公立高校教員としての生活を送り、旺盛な研究関心と謙虚な人柄は従前から承知していた。当日、星陵会館の控え室で藤野氏とシンポジウム進行の確認をした際には、昔日の高校生時代に引き戻されるような感じがした。

シンポジウムの冒頭で、筆者は三島の文学や思想を理解する上で重要な要素である天皇を取り上げる目的を述べた。すなわち、平成という時代は政治、経済、社会、国際関係など、様々な意味で変動の激しかった時代であった。その中で、東日本大震災直後における当時の天皇陛下はじめ皇族方の被災地に寄り添う姿、御譲位の意思表明をめぐる論議、御即位祝賀の式典など、ここ数年の間に日本人が天皇や皇室の在り方を考える機会に恵まれた。そこで、このシンポジウムでは三島の求めた日本の形を天皇という側面から検討する場にしたい、というものである。

パネリストである藤野、金子、荒岩の三氏からは、それぞれの世代や専門分野を加味する形で、平成から令和への移り変わりをどう見るか、三島の天皇論や個々の作品への評価も含め、独創的な意見が示された。のちに都内在住の会員の一人からは、「地味な内容であったが、これにて十分」、「打ち合わせがよほど慎重になされていたと察せられ、各発言は極めて有意義なものであり、藤野氏の『三島由紀夫の次世代への天皇像としては文化的天皇であったと確信する』との発言に拍手が盛り上がった。いやぁ結構でした」という感想が送られてきたことには個人的に慰められている。

ちなみに、憂国忌の前々日、筆者は新潟港近くの延命寺にある三浦重周氏の墓前に供花の上、焼香した。久しく墓前に来ることができなかったことを詫び、憂国忌が滞りなく終わることを祈った。三浦氏は新潟の地から遠く離れて憂国忌を見守ってくれていたと思っている。

シンポジウムの司会席に座った際、筆者は大学時代から弊会と関わってきた二〇年弱の時間の重さを噛みしめた。その際、脳裏から離れなかったのが発起人の一人である元防衛大学校教授・西村繁樹氏のことである。西村氏には著書『三島由紀夫と最後に会った青年将校』（並木書房、令和元年）の刊行を記念し、シンポジウム後に挨拶に立っていただくことになっていた。しかし、その十二日前に急逝され、この予定は幻に終わった。実は第四九回憂国忌の前、西村氏は筆者に対して憤怒の情を示したことがある。これは憂国忌の案内状に「憲法改正の方向が出てきました」という言葉があることから、弊会が安倍「加憲」案に迎合しているのではないか、と思ったためである。憲法第九条の二項を削除し、自衛隊を国軍してこそ、三島の唱えた「建軍の本義」は確立されるというのが西村氏の揺るぎない信念であった。

ちなみに筆者は学生時代、三島事件当時に曹士クラスだった元自衛官の方々に対して、三島への評価を尋ね歩いたことがある。横須賀基地所属の駆潜艇乗組員だった元海上自衛官は基地内のテレビで事件ニュースを見た際、直属上官の幹部が腕を組んで仁王立ちになったまま、「カアー」という言葉を絞り出した姿を鮮明に覚えていた。筆者に対しては、「(三島は）自衛隊にしっかりしろと言いたかったんだろ」と述べている。また、ある元陸上自衛官は三島事件直後、書店で三島の著作を買い求め、何冊も読み漁ったと述べている。三島は檄文で、「日本を日本の真姿に戻して、そこで死ぬのだ。生命尊重のみで、魂は死んでもよいのか。生命以上の価値なくして何の軍隊だ。今こそわれわれは生命尊重以上の価値の所在を諸君の目に見せてやる。それは自由でも民主々義でもない。日本だ」と述べた。あの日の市ヶ谷で三島に呼応する自衛官はいなかったが、三島の精神に共鳴した自衛官は確実にいたのである。憂国忌での登壇を前にして逝去した西村氏の思いを我々は今後も受け継いでいきたい。

林房雄の執筆した憂国忌趣意書には、「我々は人類を愛し、世界の危機を憂うる。ただし、この危機に対処するためには、諸国民はひとまず国境の内側で立ち止まらなければならぬ。世界と人類は今日ではまだ具体としては存在せず、未来に属する概念であり理想である。我々はおのれの生れ育った国の危機を解決して初めて世界と人類の未来に通じる道を開くことができる」とある。米ソ冷戦構造の終焉後、国民国家の枠組みに代わるグローバリゼーションの到来が喧伝されたが、今日における世界の潮流は再びナショナリズムの方向に回帰しつつある。混迷する時代の中で、三島が求めた日本の在り方を探求するためにも、憂国忌は続けなければならない。

なお、本稿執筆中の令和二（二〇二〇）年三月九日、東京都議会議員・古賀俊昭氏が腹膜炎で急逝されたという訃報に接した。享年七二歳であった。近畿大学在学中に日本学生同盟関西総支部長となり、三島事件直後に豊島公会堂で開催された「三島由紀夫氏追悼の夕べ」の実行委員会の一翼を務めている。翌年の弊会設立にも関わり、爾来、長きにわたって憂国忌への賛助をいただいた。都議としての在職期間は七期・二五年に及び、日野市を中心に選挙区での影響力は絶大なるものがあった。石原慎太郎都知事時代には土屋敬之都議、田代博嗣都議と行動を共にされることが多く、「都議会三羽烏」と称されていた。教育正常化への情熱的な取り組みで知られ、最初にお会いしたのもその種の会合であった。

古賀氏はマリンブルーのスーツに赤いネクタイをよく着用され、旧仮名遣いを好んで用いられていた。ある年の憂国忌直会（懇親会）の席上、筆者は日本近現代史を学ぶ上での正統な書籍を教示していただいた。また、「日本人ならば遺書と名刺とラブレターは縦書きでなければならない」が口癖であり、三浦事務局長時代、ある年の憂国忌に来会した際、浄財箱の表記は縦書きであるべきだと述べた。そのことで事務局員の一人と受付近くで口論になり、後日、筆者から粗忽な振る舞いをお詫び申し上げた。すると、古賀氏は温和な表情で「日本人ならば縦書きがいいよ」と述べたことを覚えている。

弊会の鈴木秀壽幹事は古賀氏が逝去する前月中旬、ある都内の会合で古賀氏と同席している。会の途中で入場してきた古賀氏に声をかけたところ、隣の席に座り、やがて旧交を温める会話が始まったという。分け隔てなく多くの人々と交流した古賀氏らしい姿である。古賀氏はじめ、幽界に旅立った同志諸氏に恥じぬよう、活動を継承していきたい。

改めて述べるまでもなく、憂国忌は三島由紀夫の思想、文化、行動を考えることで日本の在り方を考える運動である。そして、日本があるかぎり、継承していかなければならない。「われわれの愛する歴史と伝統の国、日本」（檄文）を守るために、憂国忌運動の火を消すことがあってはならない。これまで憂国忌を支えてきたのは賛助会費を含む浄財と有志の協力であり、今後も同様である。変わらぬご支援を皆様にお願いし、擱筆としたい。

「追悼の夕べ」発起人名簿

（昭和四十五年十二月十一日、五十音順）

（総代）

林房雄

（代表）

川内康範、五味康祐、佐伯彰一、滝原健之、武田繁太郎、中山正敏、藤島泰輔、船坂弘、北条誠、黛敏郎、保田與重郎、山岡荘八

（発起人）

会田雄次、阿部正路、伊藤桂一、宇野精一、大石義雄、大久保典夫、大島康正、桶谷繁雄、小野村資文、川上源太郎、岸興祥、倉橋由美子、小山いと子、坂本二郎、佐古純一郎、清水崑、杉森久英、曽村保信、高鳥賢司、多田真鋤、立野信之、田中美知太郎、田辺貞之助、中河與一、中村菊男、林武、平林たい子、福田信之、水上勉

憂国忌発起人名簿

（令和二年八月現在）

（代表発起人）

入江隆則、桶谷秀昭、竹本忠雄、富岡幸一郎、中村彰彦、西尾幹二、細江英公、松本徹、村松英子

（発起人）

阿羅健一、井川一久、池田憲彦、猪瀬直樹、井上隆史、植田剛彦、潮匡人、大久保典夫、大蔵雄之助、小埜裕二、小山和伸、門田隆将、川口マーン惠美、河内孝、黄文雄、後藤俊彦、桜林美佐、佐藤秀明、佐藤雅美、新保祐司、杉原志啓、ヘンリー・ストークス、石平、関岡英之、高山亨、高山正之、田中英道、田中秀雄、田中健五、田中卓、田中美代子、柘植久慶、堤堯、都倉俊一、中西輝政、西村幸祐、西村眞悟、花田紀凱、東中野修道、福井義高、福田逸、福田和也、藤井厳喜、古田博司、ペマ・ギャルポ、松本道弘、三浦小太郎、水島総、南丘喜八郎、三輪和雄、室谷克実、八木秀次、山崎行太郎、山村明義、吉田好克、吉原恒雄、ヴルピッタ・ロマノ

あとがき

三島由紀夫研究会幹事　比留間誠司

昭和45年。既に半世紀50年の時が流れた。

あの日、三島由紀夫の雄たけびは全世界に向かって放たれた。

「憲法改正ってものはないいんだよ！」

同時代で憲法改正の聲を上げれば、「右翼」「反動」「軍国主義者」のレッテルを貼られた。翌日の新聞は、三島由紀夫の「狂気」と差別用語の羅列であった。三島由紀夫・森田正勝の命と引き換えに日本への回帰は始まった。人命より重い日本への回帰であった。あれから50年、三島・森田両烈士の諫言を、今なお果しえない自分を含むすべての日本人は半世紀を無為に過ごした。これは大いなる喪失どころか、過ちの50年であった。

さて、昭和45年のベストセラーの本を見てみよう。

三島由紀夫はランクに入っていない。

昭和42年度高額所得者名簿が手元にある。所得金額を全国の税務署が公表していた。今

1970年（昭和45年）ベストセラー

冠婚葬祭入門（塩月弥栄子）
誰のために愛するか（曽野綾子）
冬の旅　上下（立原正秋）
スパルタ教育（石原慎太郎）
創価学会を斬る（藤原弘達）
心（高田好胤）
続・冠婚葬祭入門（塩月弥栄子）
銭の花（花登筐）
原価の秘密（大門一樹）
アカシヤの大連（清岡卓行）

日個人情報保護のためこの制度はない。昭和45年のベストセラー作家のうち住所地かつ本名が特定できれば探すことが可能だが、曽野綾子・石原慎太郎しかわからないので不公平な比較であるが、三島由紀夫＝平岡公威（きみたけ）と比較可能だ。

平岡公威は大田区蒲田税務署に確定申告をしていて申告所得額は　1826万円と公表されている。これは経費等を控除したまさに課税対象金額であり、実際の売上にあたる印税収入、原稿料収入とは異なる。推測では4000万円余りであろうか？三島由紀夫は兼業してはいない。まさに筆一本で稼ぎ出した所得金額である。ベストセラーに名を連ねた作家のうち、存命なのは石原慎太郎・曽野綾子のみだが、石原は神奈川県横須賀税務署に申告していてその金額は2613万円である。石原はおそらく石原プロの役員であることが推定されるので筆一本とは云い難い。兼業作家と云える。曽野綾子は申告所得額5百万円であった。三島との比較は適当ではないが、所得の対比では面白い。

では書店の新潮文庫本コーナーに行ってみよう。50年前のベストセラー作家の著作を探してみた。立原正秋は1冊。曽野綾子は7冊。石原慎太郎はデビュー作が1冊。他のベストセラー作家は新潮文庫にはない。三島作品はご存知のように重要作品ほとんどが文庫になっている。正漢字正仮名は失われていることは残念だが新潮文庫には34冊ある。

つまり、今でも売れているのだ。昭和45年11月25日に脱稿した『豊饒の海』以降新作はない。にも関わらず今日、今、現在、読者が求め売れている。50年前の愛読者は既に鬼籍に入るかその直前である。私を含めて。

私は『表現者クライテリオン』の発行元で、ある時の編集会議の席上。富岡幸一郎先生、藤井聡先生らが参加していた。富岡幸一郎先生とはほぼ同い年。昭和51年には自衛隊の体験入隊にも偶然ながら一緒に参加していた。私が三島由紀夫からサインをもらった話をしたところ、生きている三島由紀夫に会ったことがあるのは私だけだった。剣道少年の16歳の私は、昭和45年4月に開催された世界剣道選手権大会を見に行った。会場で並んでサインをしてもらった。そのプログラムにはブルーブラックのインクも鮮やかに三島由紀夫と記されている。

没後50年、三島由紀夫は忘れ去られてしまった？

それどころか、三島の影響は色濃く残っている。京都大学助教の川端祐一郎が書き記している。ちなみに彼は39歳で三島事件を知らない世代だ。

「時折、講師には富岡先生が来られて、例えば、三島由紀夫のお話をよくしておられました。

自宅に帰ってスグに、富岡先生が推奨されていた『豊饒の海』を取り寄せ、一気に四冊、読了。

そのあまりに凄まじい文学の世界に圧倒され、その文学体験が、その後のいろいろな具体的な考え方に、大きな影響を与えることとなりました。」

三島義挙以降の世代は、もちろん三島の生きている姿に接することはできない。三島作品が強烈な刺激となり、時代を超えて影響を与えている。没後50年の三島由紀夫は、今日尚、影響を与え続けている。その意味では三島由紀夫は今、今日、現在も生きているといへる。

三島作品を過剰装飾な文体といふ人の前に朝日新聞は生首写真を掲載し、消し飛ばしてくれた。華麗すぎる現実の前には沈黙せざるを得ない。

三島を文学者として尊敬追慕するために憂国忌は始まったわけではない。三島の死の意味を読み解き、その「行動」「責務」を感動共感を超えて、その実現を担うためにこそ憂国忌は50年続いている。ちなみに当会の御神体とも云える色紙がある。もちろん三島の直筆である。それが「行動」「責務」である。憂国忌運動が旗として作り今日も尚掲示している。この原型は後藤修一が所有していた色紙で、現在は菩提寺である塩山の常泉寺に収められている。

三島の著作、就中(なかんずく)、初版直筆本は求める人がいて50万円、100万円と価格がつく。私の手元にも『わが友ヒットラー』の初版直筆サイン本、後藤修一宛ての為書きがある。かつ、その本がサインされた経緯が報道された新聞とともにある。後藤修一の遺品である。金に換算するのが売却価格であり経済的価値となる。他の初版、革装丁の全集など全て売り払って後藤の墓の費用などに充当した。『わが友ヒットラー』は後藤のナチス研究の成果が三島由紀夫に認められたものであって、彼の人生の金字塔である。コレクションとして残す価値は300パーセントだが、売らないので経済的価値としては存在しない。金銭価値はゼロである。菩提寺である常泉寺に収めた。

憂国忌は文学者三島のコレクションをするために存在しているわけではない。まさに日本回帰のルネッサンス運動だ。近年、運動を支えてくれた多くの仲間が鬼籍に入るかその直前である。つい最近も「歩くブルーリボン」と呼ばれた古賀俊昭先輩が逝去された。他にも楯の會1期生早大国防部の武井宗行先輩も鬼籍に入られるなど、多くの先輩諸兄を送った。その一方、若い世代の参加は目を見張るものがある。八月十五日の靖國神社の社頭の風景を見てみれば、マスコミが映したがるコスプレイヤー、右翼団体を名乗る似非民族主義者ばかりのように誤報を垂れ流す。しかしてその実像はほとんどが若者である。TVで左翼与太話を披瀝しているタレントが社前で首をたれ参拝しているのを見たこともある。オリンピックのたびに金ぴかシルクハットに日の丸を縫い付けた通称オリンピックおじさんを見かけたのは、小泉参拝の早朝だった。このオリンピックおじさんはポケットに小さな五星紅旗を持っているのは知っていた。「おい、ここで出す勇気はあるのか？」と声をかけた。以前に酒場であっていたのでその時も軽くいなしておいた。私が民族派であることは覚えていたようだ。参拝もせずそそくさ逃げ出した。目立ちたいだけの軽薄な中小企業の経営者だった。コスプレイヤーは金をかけている。軍服は全てオーダーメイド。軍装品も高い。ある軍装品のフェアーに行ったが、ちょび髭も見事に東条英機大将、米内光政海軍大臣、山本五十六のコスプレイヤーが参加していた。会場内を参謀飾緒を付けたお付きの武官を引き連れて練り歩く姿は中々の味わいでもある。某有名コスプレイヤーの軍刀はホン身が入っている。関孫六の軍刀つくりと同じである。美術刀剣で教育委員会が美術品として認定証をだす。車のスプリングから作られたことで俗にスプリング刀と呼ばれるものは美術品ではないので認定証は出ない。サーベルは刀の身幅が狭いので銃砲刀剣類所持に関する法律で禁止されているので見つけ次第刀身を折って廃棄される。

アニメ「刀剣乱舞」が流行し、「刀剣女子」が現れた。両国（二〇一八年まで代々木）の刀剣類博物館は女性の見学者が増えた。やはり、刀は素晴らしい魅力を秘めている。

美術刀剣は「研ぎ」を要する。美術刀剣として見せるための鑑賞の研ぎ、居合道で切るための研ぎ。上野の国立博物館には平安時代以降の名刀が納められ数は少ないが常設展で鑑賞できる。神社に奉納された刀剣も数多い。武道の神・鹿島香取の両神宮はもとより、熱田神宮、最近日本最古級の刀が出てきた春日大社。参拝ばかりか刀鑑賞の機会も多い。私たちが日本刀を身近に感ずる所以でもあろう。平安時代から約１０００年経っている。その刀が現役当時と変わらぬままに保存されているのは他の文化圏では考えられない。実際に美術刀剣として認定されている刀は江戸時代の刀が多い。維新からでも１５０年は時間が経った。現在でも刀の材料である玉鋼は古式のたたら製鉄で作られ、刀鍛冶、研ぎ師、刀装は現在でも仕事をしているし、人間国宝に認定された方々がいる。この技術がなければ、20年に一度の式年遷宮の宝物は作れない。刀は美術品でもあるが、その製造技術が私たち日本の物つくり精神の「継ぐもの」となっている。三島精神の「継ぐもの」はまさに同じである。

運動の40年は既に回顧し、10年前に出版した。

あの日三島由紀夫に斬られた寺尾閣下は91歳になられたが、お元気で、三島由紀夫の訴えた改憲を獅子吼してやまない。斬られた本人が三島精神の守護者となった。

居合道有段者、五段の会員に切腹・介錯の解説を書いてもらった。昭和20年の敗戦まで陸軍戸山流抜刀術として陸軍将校は実戦に使っていたが、実戦のない今日、佩刀もない現在、実際に斬ることはできない。巻藁、畳表、青竹を試し斬りする据物斬りのみとなった。併し、我々の記憶に切腹・介錯は深く刻まれている。私は自裁した三浦重周のご遺骸に対面している。腹を切るつまり腹筋が切断される。ご遺体は前かがみになる。寝かせても前かがみに約20度くらいで起き上がってしまう。覚悟の上の自裁とはいえ、涼しい顔で腹は切れない。お顔の姿は書き記すことを拒絶させる。

50年前切腹の本はいくつかあった。何冊か買って読んだ。会員の文章は切腹・介錯の様を想起させるに十分である。

老人となった我々第一世代、その子たちの世代である第二世代、さらには孫にあたる第三世代。これは巻頭写真集に収録した。今憂国忌を担っているのはまさに第二世代であり、やがては第三世代になる。作家藤島泰輔が憂国忌10年に寄せたまさに「語り継ぐべきもの」となった。

これからの50年を担う方々のために、三島由紀夫の「責務」その結果としての「行動」を読み解き、次の50年にはすでに鬼籍に入っている我々に　日本回復を見せてほしいのだ。

「頼む！」

「憂国忌」の五十年

■発行日	令和2年11月25日発行
■編著者	三島由紀夫研究会
■発行者	漆原亮太
■発行所	啓文社書房 〒160-0022　東京都新宿区新宿1-29-14　パレ・ドール新宿7階 電話03-6709-8872
■発売所	啓文社
■DTP・カバー	茂呂田剛（有限会社エムアンドケイ）
■印刷・製本	光邦

keibunsha2020

ISBN 978-4-89992-071-7　C0030　Printed in Japan